은정 씨의 수상한 독서모임

은정 씨의 수상한 독서모임

소심한 나, 독서로 용기를 찾다

초 판 1쇄 2024년 10월 18일

지은이 안은정
펴낸이 류종렬

펴낸곳 미다스북스
본부장 임종익
편집장 이다경, 김가영
디자인 윤가희, 임인영
책임진행 안채원, 이예나, 김요섭, 김은진, 장민주

등록 2001년 3월 21일 제2001-000040호
주소 서울시 마포구 양화로 133 서교타워 711호
전화 02) 322-7802~3
팩스 02) 6007-1845
블로그 http://blog.naver.com/midasbooks
전자주소 midasbooks@hanmail.net
페이스북 https://www.facebook.com/midasbooks425
인스타그램 https://www.instagram.com/midasbooks

ⓒ 안은정, 미다스북스 2024, *Printed in Korea*.

ISBN 979-11-6910-849-2 03810

값 19,500원

미다스북스는 다음세대에게 필요한 지혜와 교양을 생각합니다.

은정 씨의 수상한 독서모임

안 은 정

소심한 나,
독서로 용기를 찾다

미다스북스

　한 조사에 따르면, 자기 삶을 선택하는 사람이 20%에 불과하다고 합니다. 80%는 뭘까요? 주어진 삶을 억지로 살아가는 사람이라고 합니다. '나는 전자일까, 후자일까?' 삶은 각자의 선택이겠지만 자세히 들여다보면 마냥 그런 것만도 아닌 것 같습니다. 직장은 내가 선택했지만, 하는 일은 선택할 수 없는 것처럼요.

　재정적 문제로 자신이 원하는 교육을 받거나 직업을 얻을 기회를 놓치기도 합니다. 높은 학비로 특정 대학에 진학하지 못하거나, 생계를 위해 원하지 않는 일을 할 수밖에 없을 때도 있죠. 세상엔 마지못해 선택해야 하는 경우가 있습니다. 우리 안에 자신도 모르는 잠재된 능력이 무궁무진하다지만, 자신이 찾지 못하면 결국 자신이 가진 능력을 모르고 죽을 수도 있고요. 자신의 한계를 과소평가하거나, 스스로 제한해 버린다고 합니다. 재미있는 건, 아인슈타인도 운명하기 직전 "그냥 썩혀 버린 잠재력이 많다."라고 한탄했다고 합니다.

정확히 1년 전 저는 뭘 하고 있었을까요?

늘 그렇듯 직장 생활로 지쳐 있었습니다. 체력을 키우기 위해 일주일에 두 번 필라테스를 하고, 매일 저녁 책상에 앉아 독서했습니다. 그 외에 딱히 떠오르는 건 없네요. 삶의 변화를 꿈꿨냐고 묻는다면, 아닙니다. 변해야 한다는 생각 따윈 하지 않았습니다. 흘러가는 대로 살았습니다.

그런 저에게 1년간 많은 일이 있었습니다. 2023년 추석 연휴 이틀 전, 우연히 온라인으로 책 쓰기 특강을 듣게 된 게 시작이었죠. 줌(Zoom)에 접속한 후 참석자 수에 깜짝 놀랐습니다. 2시간 진행 동안 호소력 짙은 강사의 목소리에 빠져들었습니다. 그녀 말대로 하면 가슴속 깊이 묻어 둔 책 출간 꿈을 이룰 것 같았죠. 책 한 권 나오는 건 시간문제처럼 느껴졌습니다. 그렇다고, 선뜻 결정할 순 없었습니다. 작가는 아무나 하는 게 아니라는 생각이 강했습니다. 명절 끝나고 독서할 책을 챙겨 집 근처 카페를 갔습니다. 늘 앉던 등받이 소파석이 아닌 창가 자리를 잡았죠. 커피를 받아 자리로 가는데 뒤쪽 긴 테이블이 눈에 띄었습니다. 한 여성이 책상 가득 종이를 펼쳐 놓았더라고요.

자리에 앉아 책을 읽었습니다. 그런데, 뒤 테이블이 시끌시끌하더군요. 테이블 위에 펼쳐진 게 그림이었던 모양입니다. 지나가던 여자가 그걸 보고 탄성을 지른 거죠. 초면인 둘은 팬과 스타의 만남을 연상케하는 풍경을 자아냈습니다. 자리가 가까워 둘의 대화가 들리더군요. 한참 그림 얘기를 나누던 그녀들 입에서 '작가'라는 말이 나왔습니다. 그 단어만 유독 크게 들렸죠. 알고 보니 두 사람 모두 한 권의 책을 출간한 작가였던 겁니다. 우연한 인연에 그녀들이 놀라는 사이, 가슴 깊이 묻어 둔 작가의 꿈이 되살아났습니다.

커피숍에서 동기부여 받은 그날, 가슴에 품었던 나약한 말을 깊이 묻어 버렸습니다. 책 출간이라는 명확한 목표만 가슴에 새겼습니다. 2023년, 11월 초고를 쓰기 시작해 목표한 12월 말에 완성했습니다. 틈틈이 블로그에 매주 한 편의 정기 수필을 3개월 발행해 연재 능력을 키워 브런치 작가도 됐고요. 개인 저서 초고 완성 후 1차 퇴고에 돌입했을 때 공저라는 기회가 찾아왔습니다. 놓치고 싶지 않았습니다. 책 쓰는 건 외롭고 고된 자신과의 싸움입니다. 내가 쓴 문장을 보고 또 봐야 하는 끝없는 반복의 과정이죠. 함께 하는 작업을 통해 홀로 하는 외로움을 덜어내고 싶었습니다. 출간 전 과정을 체험할 수 있어 도움도 되고요. 개인 책 퇴고와 동시에 『엄마에서 나로, 리부트』 공저 작업을 진행했습니다. 퇴근 후 글에 매달리느라 집안일은 손도 못 댔습니다. 2024년 4월 19일. 생애 첫 책 출간이라는 영광스러운 순간을 맞았습니다. 한강이 보이는 북 카페에서 70명이 모여 작가와의 만남 북토크도 했고요.

커피숍에서 뒷사람들이 나누는 이야기를 듣고 흘렸다면, 기회를 붙잡는 일 따윈 없었을 겁니다. 직장과 집만 오가는 무료한 생활 속에 있었겠죠. 퇴근 후 노트북을 챙겨 스터디 카페로 달려가 퇴고하는 열정 따윈 없었을 테고요.

삶의 모습만 바뀐 건 아니었습니다. 남들의 시선에서 자유스러워진 것도 큰 변화였습니다. 지난 1년은 제 안의 잠재력이 발현된 시간이었습니다. 저를 움직인 동력은 세 가지였습니다.

첫째, 동기부여입니다. 책 출간을 가슴 한편 품고 있었지만, 자신 없었습니다. 카페 뒷자리에 앉은 여자들의 얘기가 마음속 방아쇠를 당긴 겁니다. 동기부여가 되니 명확한 목표를 세워 앞을 보고 달릴 수 있었습니다.

둘째, 위대한 스승입니다. 매일 쓰는 사람이 될 수 있었던 건, 단연코 글쓰기 수업 덕분입니다. 매주 수요일, 작가 원효정의 글쓰기 수업이 열립니다. 혼자라면 여기까지 오지 못했을 여정을 스승이 있어 포기하지 않을 수 있었습니다. 매주 그녀는 자신감을 불어넣어 줍니다. 제 안의 의심이 고개 들 때마다 싹둑싹둑 잘라 버려 줍니다.

셋째, 함께하는 사람들의 격려와 지지입니다. 글 쓰는 사람들과 나누는 소통은 위로와 용기를 줬습니다. 서로 밀어주고, 끌어 주며 글 쓰는 여정을 함께한다는 게 큰 힘이었습니다. 지치고 힘들 때 나눌 사람이 있다는 건 행운입니다. 동기부여, 위대한 스승, 함께하는 사람들. 이 세 가지가 저를 단단히 지탱해 준 덕분에 숨은 잠재력을 마음껏 발휘할 수 있었습니다.

집 거실에 '2024년 가족 목표'가 부착되어 있습니다. 엄마인 저의 리스트에는 개인과 공저 책 출간이 쓰여 있습니다. 이걸 작성한 작년 연말만 해도 두 가지를 이루게 될 줄은 꿈에도 몰랐습니다. 꿈은 선명하게 그릴수록 이루어진다고 했던가요? 기록한 대로 하나씩 이루어지는 걸 보며 비로소 그 뜻을 이해할 수 있었습니다.

공저 책 계약을 가족에게 비밀로 했었습니다. 계약서에 사인하는 사진을 보내서 놀라게 해 주고 싶었죠. 계약일까지 아무에게도 말하지 않고 숨겼습니다. 드디어 당일! 가족 톡 방에 사진을 올리니 난리가 났습니다. 생각한 것보다 반응은 더 폭발적이었죠. 나중에 딸에게 들으니, 남편이 아이들에게 엄마가 6년간 노력해 얻은 결과라고 했다고 하더군요. 무뚝뚝한 큰아들은 '대박, 멋지다.'라는 문자를 연신 보내왔고, 친정 부모님은 자랑스러워하셨습니다. 어찌나 뿌듯하던지요.

경제학 용어 중 혁신을 통해 단기간에 발전하는 걸 '퀀텀 점프'라고 합니다. 원래 물리학 용어였으나 확장되어 사용되었다고 해요. 책 쓰기는 저에게 한순간에 생각의 너비와 시야를 확장 시킨 퀀텀 점프였습니다. 도전을 주저했다면, 좁은 틀에 갇혀 넓은 시야를 갖지 못했을 겁니다.

아무것도 하지 않으면 발전은 없습니다. 할지 말지 고민이라면 일단 직진해 보는 겁니다. 우리의 시간은 한정되어 있으니까요. 완벽한 순간이란 없습니다. 고민은 뒤로하고 우선 시작한 후 방법은 걸으며 생각해도 늦지 않습니다. 고민하는 이 순간에도 시간은 흘러갑니다. 중요한 건, 무엇이 되었건 지금의 결정이 자신을 바꾼다는 겁니다.

차 례

제5장　꿈을 찾아가고 있습니다

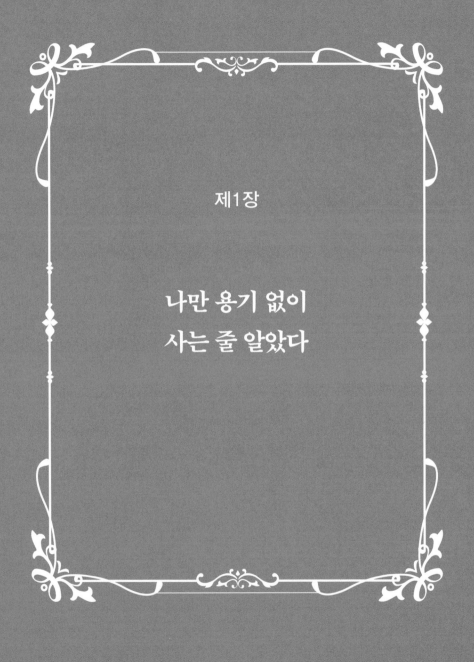

제1장

나만 용기 없이
사는 줄 알았다

1.
직장 그만두고
독서로 찾은 나의 성장

성장은 편안한 곳을 벗어나는 것이다.

– 로버트 앨런

학창 시절 별다른 꿈이 없었다. 성인이 되어서도 마찬가지였다. 남들 가니 대학 가고 대기업에 입사해 지금의 남편을 만나 결혼했다. 세 아이 낳고 키우면서 직장 생활을 계속했다. 하루가, 계절이 어떻게 지나는지 모른 채 버티듯 살았다. 고되고 지치는 날들. 같은 직장 다니는 남편은 출퇴근 시간이 같아 집안일과 양육 대부분을 분담했다. 직장 스트레스, 업무 고민의 대부분을 남편에게 상의하고 의지했다. 대기업, 세 아이, 든든한 남편까지. 겉으로 보면 남부러운 것 없는 인생인데 목줄에 메여 끌려가듯 인생이 버겁고 힘겨웠다. 다른 선택은 없겠지. 아이들 크면 시간도 나고 다 좋아지겠지. 견디는 것만이 최선이라고 생각했다.

　그러나, 변화는 예고 없이 찾아왔다. 남편에게 이직할 기회가 찾아온 것이다. 문제는 다른 지역, 어린 세 아이, 내가 직장을 그만둘 수 없다는 것이었다. 직장 생활 13년 차에 주말부부라니. 힘을 합쳐도 모자란 판에 혼자 감당할 걸 생각하니 한숨이 났다. 그렇다고 어렵게 찾아온 기회를 놓칠 수도 없는 노릇이었다. 대기업 연봉을 포기하고 따라갈 형편이 안 됐다. 우선 할 수 있는 데까지 해 보고 못 하면 방법을 다시 찾기로 했다. 그렇게 일요일 저녁부터 금요일 아침까지 세 아이 육아와 집안일, 직장 일은 오롯이 혼자만의 몫이 되었다.

　직장에서 업체와 부서를 돌며 심사하는 일을 했다. 구미, 청주, 안산 등으로 출장을 다녔다. 직장 생활 15년간 평가와 지적 업무를 하다 보니 성격이 예민하고 날카롭게 변해 갔다. 나 자신을 들여다볼 여력 따윈 없었다.

　큰아들은 일곱 살에 유치원 차에서 혼자 내려 아파트 단지 어린이집에서 동생을 찾아 집으로 갔다. 작은 손이 더 작은 손을 잡고 엘리베이터에 탔을 생각만 하면 지금도 마음이 아리다. 주말부부를 시작하고 나서 저녁을 맥주 한 캔으로 때우는 날이 많았다. 세 아이 씻겨 저녁 먹이고 어린이집 데려다줄 준비를 끝내면 체력이 바닥났다. 입맛도 먹을 기운도 없었다. 안방 베란다 가득 쌓인 캠핑용품 한쪽에 작은 접이식 의자 하나를 두고 아이들 재우고 앉아 있는 나만의 시간. 의자에 앉아 멍하니 하늘을 올려다보며 맥주 한 캔 홀짝이며 깜깜한 밤하늘을 볼 때면 내 인생 같다고 생각했다.

주말부부 2년 차, 나도 아이들도 삶에 적응해 갔다. 평일에 아빠 없는 게 자연스럽고, 남편이 오면 어색한 기운이 감돌았다. 가족끼리 적응 시간이 필요한 현실이 충격이었다. 떨어져 지내는 시간이 더는 길어져선 안 되겠다는 판단이 섰다. 15년을 산 터전인 천안을 떠나 아는 사람 하나 없는 인천으로 향했다.

영종도 생활을 시작하니 신기한 게 왜 그리 많은지. 빼곡한 아파트, 크고 작은 건물과 산업단지로 가득한 도시에 살다 섬에 오니 하늘이 거대하게 보일 정도로 크게 느껴졌다. 여름 저녁마다 남편이랑 아이들 데리고 온 식구가 자전거를 탔다. 맨 앞에 남편, 뒤로 두 아들과 딸. 맨 뒤에서 내가 달렸다. 자전거 타는 가족의 뒷모습을 바라보는 게 흐뭇했다. 남편은 도시 전체가 잘 가꿔진 큰 정원 같다고 했다. 도시 곳곳 자전거 도로가 잘되어 있고, 이름 모를 꽃들도 많았다. 남편과 해안가 산책을 하는데 은은한 장미 향이 코끝을 찔렀다. 주위를 둘러보니 싱싱한 푸른색 잎에 분홍, 하얀, 다홍색 꽃들이 해안가 곳곳에 피어 있었다.

"어머, 이게 무슨 꽃이야?"

휴대전화로 꽃을 찍어 검색하니 해당화라고 나왔다. 어릴 적 가수

이미자의 노래에서 들어 본 이름이다. 난생처음 해당화 꽃을 봤다. 노래에서 섬마을이 나왔는데 섬에 피는 꽃이었구나! 그제야 알았다. 첫해 겨울은 유난히도 떨면서 보냈다. 난방을 켜고, 두세 겹 껴입었는데도 춥다는 말을 입에 달고 살았다. 나중에 알고 보니 '섬 앓이'라는 증상이었다. 온몸이 쭈뼛쭈뼛 선 기분을 겨우 내 느꼈다. 추위를 이겨내기 위해 날 좋은 날 해안가로 나가 인천대교를 바라보며 남편과 둘이 걸었다. 그런데 이게 웬일이람! 여름에 그토록 싱싱하던 해당화 줄기가 하나같이 검게 변해 있었다. 말라비틀어진 줄기는 생명을 잃고 죽은 것처럼 보였다. 내가 알던 그 꽃이 맞는지 의심될 정도로 다시 살아날 가능성은 전혀 없어 보였다. 1년만 사는 꽃인가 싶었다. 하지만 봄이 되니 언제 그랬냐는 듯 통통하고 푸릇하게 살아났다. 두 눈으로 보고도 믿기지 않을 정도로 신기했다. 계절에 따라 완전히 달라지는 해당화를 보니 '지금 힘들고, 우울하고, 고통스러워도 영원할까?'라는 생각이 들었다. 검은 줄기는 언제 그랬냐는 듯, 생생하고 푸릇푸릇 바뀌었다. 두 눈으로 보고도 같은 꽃이 맞나 의심이 갔다. 우리의 삶도 이와 비슷해 보였다. 영원할 것 같은 순간도 지나고 보면 찰나에 불과하니 말이다.

　세상엔 다양한 사람과 이야기가 넘쳐 난다. 매일 반복된 삶을 사느라 회사에 있을 땐 알지 못했다. 울타리에서 나와 세상을 마주했다.

세 아이, 직장 생활, 주말부부로 내 삶이 가장 힘든 줄 알고 살았다. 책을 통해 자연스럽게 자기 계발 하는 사람들 속으로 들어갔다. 암을 이겨 낸 사람, 전국을 다니며 강의와 상담을 하며 나눔을 실천하는 사람, 새벽부터 일어나 경제 신문 읽으며 공부하는 쌍둥이 직장인 엄마, 병마와 싸우는 와중에도 손에서 책을 놓지 않는 사람, 여러 차례 실패 속에서도 포기하지 않고 전진하는 사람 등. 나보다 힘든 상황에서도 열정적으로 삶을 가꿔 가는 사람이 많았다. 나는 그들의 얘기를 듣기 전까지는 굴곡 없는 삶인 줄 알았다. 하나같이 밝고 화사한 미소를 띠고 있었기 때문이다. 그들은 푸념과 불평할 시간에 자신의 성장에 투자하고 있었다. 나만 힘든 줄 알고 산 게 부끄러울 정도였다. 나는 우물 안 개구리였다. 역경 속에서도 힘차게 사는 사람들을 마주할 때마다 용기가 솟았다.

독서 모임이 다섯 번째 생일을 맞았다. 처음 만날 때만 해도 서로 다른 모습에 신기하기도 어색하기도 했다. 우리는 달라도 아주 달랐다. 강의로 뼈대가 굵은 사람, 길가에 핀 꽃 한 송이를 마냥 쳐다보고 있을 정도로 여린 사람, 애정과 사랑이 넘치는 사람, 무엇이든 흡수할 준비가 된 사람, 상대의 말을 진심으로 경청하는 사람. 시간이 흐를수록 다른 듯 닮았다는 생각을 많이 한다. 보낸 시간이 우리의 결을 맞게 한 것도 있겠지만, 사람은 서로 영향을 주고받으며 살아가는 존재라는 걸 배운다.

직장을 그만두면 '나'를 잃을 줄 알았다. 이 나이에 할 수 있는 건 없다고 여겼다. 하지만 마음먹기에 달렸다는 걸 책과 사람을 통해 알게 됐다. 책은 객관적으로 자신을 들여다보게 만든다. 타인이 되어 바라본 나는 연봉과 복지의 틀 안에 스스로 갇혀 있었다. 삶의 모습은 한 가지가 아니다. 물질적 삶이 전부가 아니라는 걸 세상 밖으로 나와 부딪치고, 실패하고, 깨지며 알아 갔다. 이제야 비로소 내 삶을 이끌어 가는 기분이 든다. 삶은 한 길이 아니다. 우리는 언제든지 다른 길을 선택할 수 있다. 새로운 방향으로 나아갈 수 있다.

2.
평범한 은정 씨,
독서와 글쓰기로 거듭나다

그러니까, 나는 필사적으로
자기 자신이 되어야 한다고 생각한다.

– 「돈 말고 무엇을 갖고 있는가」, 정지우

직장 다니며 제주도 한 달 살기를 꿈꾸곤 했다. 직장 생활에 스트레스가 쌓일 때면 비용과 후기를 검색해 정리하는 걸로 풀었다. 현실적으로 한 달 휴가 내는 건 불가능이었다. 그렇게라도 대리만족하고 나면 다시 일할 기운이 났다. 지치고 힘든 삶을 살다 퇴직하니 회사를 그만둔 게 맞나 믿기지 않았다. 일요일 저녁이면 다음 날 출근해야 할 것 같은 마음에 불안했다. 월요일 아침 눈을 떠 쉰다는 사실을 몇 차례 확인해야 안심이 되었다. 직장 다닐 때 수시로 알아보던 제주도 생활까지 까맣게 잊고 지낼 정도로 집이 휴양지요 매일 여행하는 기분이었다.

"당분간 아무 일도 안 할 거야!" 남편에게 선전포고했다. 그동안 하지 못했던 거 원 없이 다 해 볼 작정이었다. 고삐 풀린 망아지가 따로 없었다. 평일에 친한 동생과 영화관에서 최신 영화를 보고 서울 나들이를 다니고, 주말엔 사람들로 엄두도 못 낼 유명 식당에서 줄 서지 않고 한가하게 먹는 호사를 누렸다. 집 근처 식당에서 점심 약속이 잡히면 시원한 맥주도 한 잔 마시며 식사가 나오기 전까지 온갖 자세를 취하며 수십 장 사진을 찍어 댔다.

그러나 이게 웬일! 1년도 안 돼 내 손으로 고삐를 찾을 줄이야. 밖에서 놀다 집에 오면 돌보지 않은 집안 상태, 아이들 공부가 눈에 보였다. 앞으로 난 뭘 해야 하고, 내가 뭘 하고 싶은지 걱정되고 불안하기 시작했다. 1분 1초 쪼개며 살 때는 하루를 알차게 보냈다는 만족감이 있었다. 쉬는 기간이 길어질수록 만사가 귀찮고 무기력했다. 손 하나 까딱하기 싫고 머릿속은 재취업 걱정으로 가득했다. 기분이 가라앉는 날이 많고 다시 활기찬 생활로 못 돌아갈 것만 같았다.

뭘 해야 하는지, 하고 싶은 게 뭔지 딱히 떠오르지 않았다. 퇴직만 하면 끝인 줄 알았는데 불안한 미래가 이렇게 빨리 찾아올 줄 몰랐다. 스스로가 한심하고 막막한 미래 걱정에 잠이 오지 않았다.

잠 못 이루며 고민하는데 문득 책이 떠올랐다. 살면서 몇 안 되는 독서 경험이 왜 그때 떠올랐는지. 서른 앓이로 마음이 복잡했을 때 도움이 된 책은 갈피를 잡지 못하고 있을 때 안정과 위로와 용기를 주었다. 힘든 워킹 맘의 고충을 위로하고 용기를 북돋아 준 책도 있었다. 반복된 일상에 한 줄기 빛이었다. 그때의 기분을 다시 느끼고 싶다는 생각이 강하게 들어 온라인 서점 앱을 설치했다. 딱 한 권이면 되는데 수많은 책 가운데 책을 선택할 수 없었다. 좋아하는 장르가 무엇인지, 내가 원하는 건 어떤 건지, 나는 나를 알지 못했다. 무엇보다 책 한 권 읽어 낼 자신도 없었다.

2019년 11월 어느 깜깜한 밤, 새해부터 매주 책 한 권 읽는 김미경 강사의 유튜브 영상을 봤다. 읽고 싶은데 혼자 하는 독서는 자신 없었다. 어떻게 알고 관련 영상이 딱 떴는지 신기했다. 책 한 권 안 읽던 내가 1년간 매주 한 권의 독서를 이어 가며 과제까지 제출할 수 있을지 자신이 없어 고민했다. 현실이 막막하고 불안해서 벗어나고 싶다면서 고민하는 꼴이라니. 한심하기 짝이 없었다. 힘들면 멈춰도 된다는 생각으로 용기를 냈다. 그러나, 안 읽던 사람이 글자를 보고 읽으려니 곤욕이 따로 없었다. 무슨 말을 하는 건지 눈에 들어오지 않고, 버겁고, 졸리고, 엉덩이가 쑤셨다. 책장을 덮길 여러 번. 완독과 과제라는 숙제 때문에 어쩔 수 없는 억지 독서를 했다. 분명, 같은 책을 읽었는데 나와 다르게 느끼고 호응하는 사람들이 이해 안 됐다. 남들은 쉽게 하는데 나만 힘겨워하는 것 같아 포기할 생각도 했다. 괜히 시작했나 싶다가, 이조차 이겨 내지 못하면 앞으로 내가 할 수 있는 건 없다고 했다가 양가감정의 대립이었다. 내게 독서는 나와의 싸움이었다.

꾸역꾸역 울며 겨자 먹기로 끝냈다. 포기하고 싶은 순간마다 조금 더 버텨 보자는 각오로 붙잡았다. 한 주가 지나고 한 달이 되니 점점 내용도 눈에 들어오고 다음 전개가 궁금하기 시작했다. 담고 싶은 문장을 발견해 노트에 따라 쓰기도 했다. 한두 장 넘기는 것도 버거웠던 책장 무게가 달라져 있었다.

새벽에 일어나 하루를 독서로 시작했다. 완독한 권 수가 늘수록 마음이 든든했다. 책 한 권 끝냈다는 자신감, 과제를 끝냈다는 자부심 때문인지 삶에 활기가 돌았다. 읽는 걸로 끝내는 게 아쉬워 블로그를 개설해 책 내용을 정리하기 시작했다. 두서없고 서툰 정리지만 추억이 담긴 보물이다. 2019년 1월 1일부터 12월 31일까지 매주 한 권 읽고, 과제 제출까지 모두 끝내 우수 장학생으로도 뽑혔다. 책 한 권 펼치는 것도 두려워하던 내가 해냈다.

1년간 책 내용을 정리하고, 과제를 했더니 글쓰기에 관심이 갔다. 우연한 계기로 2019년 한 해를 독서와 독서 모임으로 보냈다. 책은 사람들과 연결 다리가 되어 넓은 세상으로 날 안내했다. 조각가는 작품을 만들 때 점토 덩어리를 덜어 내고 붙이며 형체를 만들어 간다. 독서와 글쓰기도 조각가처럼 사유와 성찰을 반복하며 덜어 내고 붙이며 자신을 완성해 간다. 인생을 돌아보고 반성하고, 각성하고 되새기며 형체를 만들어 간다.

정신을 집중해 어떤 대상을 보는 걸 '직시'라고 한다. 책과 글은 나 자신을 직시하는 도구다. 오만한 과거의 행동을 반성하고 남아 있는 마음속 상처를 치유한다. 풀리지 않던 상대의 마음을 이해하자 굳게 닫힌 마음의 빗장이 풀리는 듯했다.

새벽 독서

책 읽는 삶을 사니 이런 점이 도움이 됐다

첫째, 책을 통해 나를 알 수 있다. 나라는 사람은 어떤 사람인지 정확히 알지 못해 답답했다. 책 속 공감 문장과 질문에 대해 생각하고, 글을 쓰며 들여다볼수록 나의 취향, 가치관, 성향을 알 수 있었다. 책은 다른 이의 글을 통해 자신을 비춰 주는 거울이다.

둘째, 가슴에 품고 있는 생각이나 감정을 텍스트로 만나는 쾌감이 있다. 책을 읽다 보면 '맞아! 이렇게 표현하고 싶었어.'라고 속이 후련해질 때가 있다. 이해할 수 없는 상황이나 고민 또는 걱정과 기쁨을 표현하려 해도 한계에 부딪힐 때가 있다. 생각날 듯 생각나지 않던 연예인 이름이나 단어가 갑자기 떠올랐을 때의 개운함. 내 마음을 대변해 주는 문장이 그렇다. 책을 읽을수록 막힌 마음이 뚫리는 듯한 시원함이 있다.

셋째, 상상의 나래에 빠져드는 재미가 크다. 독서의 시작은 자기 계발서였다. 이후 소설과 산문, 고전과 철학서로 넘어갔다. 19세기 프랑스, 리스본의 한 거리, 나폴리 외곽의 가난한 동네까지 장르가 확장될수록 시공간을 초월하며 여행하는 기분이었다. 고전을 읽고 있으면 한 번도 가 본 적 없는 동네를 위에서 구경하고 온 기분이 든다.

책과 글로 인생을 바꿀 수 없다고 생각했다. 기대 없이 시작했고, 할 수 있는 만큼만 하다 멈출 생각이었다. 책을 읽을수록 다양한 관계와 사연을 이해하게 되었다. 글쓰기를 할수록 내 앞의 크고 작은 일이 한 발 떨어져 보였다. 스트레스가 글자로 발현되는 순간 더 이상 내 것이 아니었다. 창고에 곡식 쌓는 기분으로 독서와 글을 쓰는 중이다. 차곡차곡 쌓아 가다 보니 작가가 되었다. 책과 글로 인생이 바뀌었다. 무거운 책장의 무게와 백지의 공포를 이기자 삶이 방향을 틀었다.

3.
1년의 서평,
내향인의 성장 기록

자신을 극복하는 것이 성장의 핵심이다.

– 「노인과 바다」, 어니스트 헤밍웨이

책에 집중하면 걱정과 잡생각으로부터 잠시나마 벗어날 수 있다. 매주 한 권의 책을 읽고 과제를 수행하니 글 욕심이 났다. 문장력과 맥락을 갖춰 잘 쓰고 싶었다. 공부하고 싶은 분야의 관련 서적을 최소 다섯 권 읽자는 목표를 세워 혼자 프로젝트를 운영했다. 중도 포기를 막기 위해 'The Books Project: 기획 독서 프로젝트'라는 이름까지 만들어 블로그에 공표했다. 물론, 관심 가져 주는 사람은 없었다. 혼자만의 프로젝트였다. 글쓰기 기초부터 인기 블로그, 하버드 글쓰기까지 다양한 작가 책으로 다섯 권 골랐다. 주제가 같은 책을 연달아 읽으니 공통된 메시지가 보였다. 세상에 완벽한 글은 없다는 것, 글쓰기는 재능이 아니라 노력이라는 걸 알게 됐다. 유독 눈에 들어오는 한 권이 있어 책날개에 적힌 작가의 블로그에 들어가 보니 다양한 글쓰기 수업을 운영하고 있었다. 2019년 한 해는 독서로 보냈으니 다음 해는 글쓰기에 투자하기로 마음먹었다. 그때, 작가의 책을 읽으며 기억하려고 남긴 블로그 글에 저자의 댓글이 달렸다. 주위 사람을 통해 내가 올린 글을 봤다고. 포스트잇 가득 필사한 사진이 감동이라고 했다. 저자와 연결된 게 처음이고 신기해서 남편과 아이들에게 자랑까지 했다. 댓글 받았을 때의 기쁨과 감동, 책을 통해 배우고 생각한 것들을 정리해 장문의 답장을 보냈다. 그렇게 첫 글쓰기 스승과 인연이 닿았다.

책의 줄거리와 느낀 점과 생각을 기록한 글을 독후감이라고 한다. 서평은 책에 대한 감상과 평가를 담았다는 점에서 독후감과 다르다. 작가가 운영하는 글쓰기 모임 중 서평반에 들어갔다. 냉철한 평가보다 경험을 덧붙여 북에세이를 썼다. 서평반에서 다루는 장르는 그림책, 영화, 소설 등 다양했다. 처음 그림책을 읽고 서평을 작성하라는 과제를 받고 어리둥절했다. 아이들 책이라고만 생각했기 때문이다. 아이들에게 동화책을 읽어 주지 못했다. 워킹 맘 사이에서 '스토리 빔'이라는 동화책 영상기가 유행이었다. 잠들기 전 세 아이가 함께 자는 방 천장에 빔을 틀어 주는 게 고작이었다. 도서관에서 그림책을 빌려와 표지를 보니, 아이들 어릴 때 읽어 주지 못한 것이 떠올랐다. 숙제 때문에 읽기 시작했는데, 아이들 책이라고만 생각한 그림책에 대한 선입견이 확 바뀌었다. 짧은 글과 그림에서 얻는 위로가 컸다.

　알퐁스 도데의 동화책『스갱 아저씨의 염소』는 죽음을 각오하고 자신의 꿈을 찾아 나선 염소의 이야기다. 자신의 방식대로 염소를 대하는 아저씨를 보며 주위 사람들과 소통하는 나를 돌아봤다. 모리스 샌닥의『괴물들이 사는 나라』는 장난꾸러기 맥스와 엄마의 이야기다. 나와 막내아들은 서로 다른 성향 때문에 마찰이 잦았다. 아이 행동이 이해 안 가는 경우가 부지기수다. 글을 쓰기 위해 그림책을 여러 번 읽는데 계속 다르게 다가왔다. 주인공 맥스 대신 아들로 생각하니 서로 다른 시선의 차이를 느낄 수 있었다. 막내 아이의 행동과 마음을 이해하는 데 도움 된 그림책. 그림책 매력에 빠져 종종 도서관에서 찾아 읽는다. 작가 정세랑의『시선으로부터』는 20세기와 21세기를 살아가는 여자의 삶을 한 가족의 일대기로 보여 주는 소설이다. 엄마와 이모들이 생각나 외할머니를 그리워하는 가족의 추모를 주제로 한 편의 글을 썼다. 외할머니와 이모들, 그리고 엄마와 나까지 우리 집안의 풍경이 글에 담겼다. 쓰는 동안 애틋하고 소중한 가족애를 느낄 수 있었다.

　늘 바쁘고 정신없이 사는 게 당연하다고 생각했다. 나와 가족, 다른 사람의 기분이나 감정을 돌볼 여유가 없었다. 감정이 메말라 가는 것 같았지만, 나이 들어 그렇다고 자연스러운 현상으로 여겼다. 하지만, 소설과 그림책을 읽고 내 생각을 꺼낼수록 메말랐던 감정이 되살아났다. 이후 온라인에서 전문적으로 하는 그림책 수업을 찾아 들었다.

인천 공항에서 주 6일 일하며 읽고 썼다. 일정표대로 움직이는 업무라 한 주는 새벽 4시에 일어나 5시 첫차를 타고 출근하고 다음 주는 오후 2시에 나가 밤 10시 반 막차를 타고 돌아와야 했다. 책 읽고 서평까지 쓰려니 시간이 없었다. 방법은 최대한 시간을 쪼개고 틈새 시간을 활용하는 것뿐이었다. 점심 먹고 남은 자투리 시간, 버스를 기다리는 정류장에서, 잠들기 전 시간 등 가용시간을 최대한 활용했다. 덜컹거리는 새벽 첫차에서 핸드폰 메모장에 글을 쓰고, 퇴근 후 드레스룸에서 옷 갈아입다 쭈그려 앉아 글을 수정했다. 몇 분의 여유 시간만 생겨도 치열하게 읽고 쓰고 고쳤다.

세 아이 키우며 교대 근무만으로도 벅찬데 읽고 쓰려니 쉽지 않았다. 고개를 숙인 채 5분만 있어도 양쪽 어깨가 묵직하고 목덜미가 찌릿했다. 눈은 퍽퍽하고 건조했고 고전 소설은 등장인물이 많고 복잡해 내용을 놓치는 경우도 허다했다. 책만 그런 건 아니었다. 글을 쓰면서도 내가 지금 무슨 말을 하고 싶은 건지 수시로 방향을 잃었다. 무슨 부귀영화를 누리겠다고 이러는지 때려치울 생각도 했지만, 그럼에도 치열하게 읽고 쓴 이유가 있었다.

첫째, 책과 글은 삶을 열심히 살고 있는 나에 대한 보상이었다. 감동과 위로, 잘살고 있다는 응원을 받는 기분이었다. 소설 속 다양한 세상 사람들 이야기는 매일 반복되는 일상을 다르게 느끼게 해 줬다. 한 문장에 질문과 사색, 고민을 통해 나와 타인을 알아가는 재미가 컸고 깨닫는 즐거움도 있었다. 한 권의 책과 한 편의 글이 지친 하루의 탈출구였다.

둘째, 나를 돌아보게 했다. 대기업 경력이 쌓일수록 대단한 사람이라도 된 것처럼 착각하며 살았다. 모든 걸 아는 듯 자만하고 내 말이 옳다고 무게 잡고 겸손하지 못했다. 성장을 위한 '인풋(input)' 없이 허전한 마음을 드라마, 영상, 인터넷 쇼핑으로 채웠다. 그때뿐이었다. 책과 글쓰기를 통해 나를 돌아보고 생각하고 반성하니 그제야 마음이 채워지는 것 같았다.

셋째, 읽고 쓸수록 나 자신이 또렷해졌다. 뚜렷한 취향을 모른 채 살았다. 햇빛에 반짝이는 단풍잎 바라보는 걸 좋아하고, 바다의 윤슬과 추운 겨울에 콧등을 스치는 상쾌한 찬 바람을 좋아한다는 걸 책을 통해 발견했다. 시끌벅적한 모임보다 단출한 만남을 선호하고, 고전문학이 좋고, 책 얘기만 나오면 눈이 반짝반짝 빛나는 나라는 걸 글쓰기를 통해 알았다.

1년의 서평 활동은 나를 성장시켰다. 노력하지 않으면 삶의 우선순위에 밀려 '나'는 어둠 속으로 자취를 감춘다. 남편 입맛에 맞춰 사느라 내가 좋아하는 건 잃어 가는 아내로, 아이들 취향은 알아도 자기 취향은 모르는 엄마로, 친구나 이웃이 원하는 건 눈치채면서 자신에게는 둔감한 사람으로 점점 자기 색을 잃어 간다. 세상에는 다양한 사람과 삶의 형태가 존재한다. 아이 키우고, 직장 생활 하며 읽고 쓰는 게 쉽지 않아도 그 안에서 숨 쉴 수 있었다. 나를 돌아보고 반성하게 만드는 자기반성의 도구로서의 책과 글은 어른인 나를 성장시켰다. 자신을 성장시킬 도구는 멀리 있지 않다.

필사 노트

4.
권태기는
글쓰기도 접게 한다

꿈은 우리가 무엇이 되고 싶은지를 보여 준다.

– 『두근두근 내 인생』, 김애란

시간이 지나 권태를 느끼는 현상을 '권태기'라고 한다. 책과 글쓰기에도 이런 현상이 나타난다. 독서 권태는 '책태기', 글쓰기의 경우는 '글태기'로 불린다. 나는 글태기가 심하게 왔다. 서평을 쓴 지 1년이 지났을 때였다. 글이 손에 잡히지 않았다. 쓰기를 미룰수록 게으른 사람이란 생각이 들어 자책했다. 그러나 손과 마음이 따라 주지 않았다. 좀 쉬고 나면 괜찮아질 줄 알았다. 다시 글을 붙잡기까지 2년이나 걸릴 줄은 상상도 못 했다. 지나고 나서야 왜 그토록 쓰는 게 힘겨웠는지 이유를 알게 됐다.

서평은 300~400페이지의 소설 한 권을 1,500자 이내로 정리한 글이다. 가장 먼저 작가가 전하고자 하는 메시지를 나의 언어로 정리해야 한다. 주제를 정하고 뒷받침할 발췌와 경험을 책 속에서 찾아 덧붙인다. 처음이었기에 주제를 뽑고 발췌문과 나의 주장, 의견을 연결하는 게 쉽지 않았다. 이 문장 저 문장 다 관련 있게 보여 핵심 문장을 고르는 게 어려웠다. 문장 선택에 실패하면 주제가 흐릿하고 양만 많은 글이 되었다. 온라인으로 만나 낭독과 합평도 했다. 마음이 단단하지 못한 상태에서 심적으로 힘겨운 시간이었다. 다른 사람이 쓴 글을 들을 때면 상대와 나를 비교하는 마음이 생겼다. 저 사람은 섬세한 표현을 잘하는구나. 그녀는 주제를 잘 잡는구나. 상대 글을 감탄할수록 내 글에 대한 확신은 줄어 갔다. 나만 실력이 늘지 않는다고, 주제를 잡지 못하고 방황한다고, 이것밖에 못 쓴다고. 수많은 화살을 나 자신에게 돌렸다.

수정 사항 피드백을 받고 나면 자신감이 바닥을 쳤다. 타인에게 한 냉철한 표현도 내 것처럼 들려 마음이 버거웠다. 돌이켜 보면, 칭찬은 흘리고, 조언만 크게 들었던 것 같다. 정답 없는 글쓰기에 나 혼자만 답을 찾느라 에너지를 쏟았다. 사람마다 경험이 다르고, 같은 상황에서도 생각과 감정은 천지 차이다. 같은 글은 존재할 수 없고 글마다 개인의 스타일이 있는 법이거늘. 그때는 그걸 보려 하지 않았다. 나의 부족한 부분만 찾고 신경 쓰느라 에너지를 낭비했다. 각양각색의 천을 꿰어 하나의 작품을 만드는 걸 퀼트라고 한다. 서평은 퀼트와 같다. 전혀 다른 이야기를 하는 것 같아도 조화를 이루며 하나의 작품이 된다. 동시에 열 명이 같은 책을 읽어도 결과물은 다르다. 한 권의 책이라는 같은 선에서 출발했으나 누구의 손을 거치느냐에 따라 다른 글이 된다. 그러나 뿌리는 같기에 다른 듯 비슷한 느낌이다. 공감과 색다름이라는 이중성이 서평이 지닌 매력이다. 오로지 글 실력에만 집착하느라 글이 지닌 진정한 장점을 발견하지 못했다. '마음을 내려놓고 좀 즐겼더라면' 뒤늦은 후회가 밀려왔다.

당시에는 힘들어도 이겨 내야 할 과정이라고 나 자신을 다그치기에 바빴다. 1년 조금 지나 글을 모아 책으로 펴내는 문집 발간에 참여할 기회가 왔다. 스물네 명의 공동 저자 중 한 명이었다. 내 이름이 적힌 첫 책이 나온다는 사실에 설렜다. 드디어 작가의 길에 한 발 더 다가선 듯했다. 각자에게 주어진 분량은 글 세 편이었다. '고작 세 편'이 아니라 '세 편이나 되는' 소중한 기회였다.

글을 고치는 퇴고 작업이 만만치 않다는 건 익히 들어 알고 있었지만, 막상 겪어 보니 험난했다. 꼼꼼히 보고 더 이상 수정할 게 없다고 넘겼는데 오타가 나왔다. 돌아온 글을 보면 처음과 달리 매끄럽지 못해 쓰고 지우길 반복했다. 퇴고만 하면 끝인 줄 알았는데 전체 교정 작업까지 함께 하니 지쳤다. 고작, 글 세 편도 제대로 해내지 못하는 나에게 화가 났다. 책 출간을 만만히 생각했던 것 같다.

2020년 겨울, 크리스마스를 일주일 앞둔 어느 날, 책을 받았다. 어린 시절 산타할아버지에게 크리스마스 선물 받을 생각에 들뜬 것처럼 설렜다. 디자인부터 교정, 교열까지 모든 과정을 우리 손으로 만든 책을 보니 가슴이 벅차올랐다. 부모님께 한 권 드리고, 두 권은 집에 뒀다. 그중, 한 권은 아직 투명 비닐 포장조차 뜯지 않았다.

문집 출간 과정을 체험하니 정식 작가가 되고 싶었다. 때마침 관련 특강이 있어 신청했다. 책 출간 전 과정에 대해 들을 수 있었다. 강사는 책 한 권 나오려면, 주제와 목차를 구상해야 한다고 했다. 책의 구조와 독자층을 고려해 글을 쓰고, 퇴고 과정을 거쳐 출판사에 투고해야 한다고 했다. 출판 전 과정을 혼자서 진행해야 한다는 사실이 거대한 벽처럼 느껴져 자신이 없었다. 그리고 무엇보다, 한 권의 책으로 펴낼 이야기가 없었다. 처음엔 40년 산 인생인데 책 한 권쯤은 거뜬히 나올 수 있을 줄 알았다. 특강을 통해 착각이었다는 걸 알게 됐다. 바람 빠진 풍선처럼 관심과 열정이 한순간에 쪼그라들고 작가라는 꿈도 무너져 내렸다. 1년의 서평 쓰기로 지쳐 있는 상태까지 겹쳐 간절히 쉬고만 싶었다.

서평 수업부터 블로그까지 모든 글쓰기를 멈추고, 오로지 읽는 것에 집중했다. 지금의 나는 지식을 쌓는 게 먼저라고 생각했다. 쓰기의 부담에서 벗어나 마음껏 독서를 즐기고 싶어 본격적으로 책에 몰입했다. 독서의 폭이 넓어질수록 사회, 취약 계층, 페미니즘, 디아스포라 등 다양한 관점에서 세상과 사람을 바라보게 되었다. 점점 나의 시선이 확장되는 것을 느꼈다. 알고 싶은 호기심이 생기고, 그 경험을 사람들과 나누고 싶었다. 온라인 독서 모임에 참여해 함께 책을 읽고 토론에도 참여했다. 사람들과의 대화에서 얻는 기쁨이 컸다. 예전에는 뭐든지 못한다고 자신을 질책했지만, 독서를 하고 사람들과 나눌수록 삶이 더욱 의미 있게 다가왔다. 점차 나 자신에게도 너그러운 사람이 되어 갔다.

어느 날, 작가 벤저민 하디의 『퓨처 셀프』 속 '발행하는 삶'이란 단어를 보고 눈을 떼지 못했다. 마음 깊은 곳에서 쓰는 발행자가 되고 싶다는 바람이 회오리처럼 일었다. 오랜만에 블로그를 열고 쓰려니 무슨 글을 써야 할지 어색해 키보드에 손만 올려놓고 있었다. 하지만 결국 마음을 움직인 책에 관한 짧은 소감을 적어 발행 버튼을 눌렀다. 블로그 대신 짧은 몇 줄만 SNS에 올리다가 2023년이 되어서야 한 권의 책을 통해 다시 쓰고 싶은 마음이 생겼다. 마음의 문이 열리자, 글 쓰는 게 싫지 않았다. 솔직히 좋았다. 일상을 글로 쌓을수록 뿌듯했고, 예전처럼 쓰는 게 고통스럽지 않았다. 그동안 밖으로 꺼내지 못한 묵힌 이야기들이 폭발하듯 쏟아져 나왔다. 아이와 있었던 일, 영화를 보고 느낀 점, 읽은 책 이야기 등 매일 블로그에 글을 쓰기 시작했다.

그해 12월, 브런치 작가로도 활동하게 되었다. 처음에는 블로그 하나로 충분하다고 생각해서 도전할 생각이 없었지만, 블로그를 시작하면서 매주 수요일 정기 에세이를 발행했다. 세 달간 하다 보니 자연스럽게 하나의 주제로 글을 풀어내는 방법을 터득하게 되었다. 열 편의 글을 구성하는 것도 어렵지 않았다. 혹시나 하는 마음에 브런치 작가를 신청했는데 승인이 났다. 지금은 글 쓰는 재미에 빠져 블로그와 브런치를 오가며 신나게 글 쓰고 있다. 누가 시켜서 하는 게 아니라, 쓰는 것을 진심으로 즐기게 되었다. 다시 글쓰기를 시작하는 데 2년이나 걸렸다. 남과 비교하는 마음을 내려놓았더라면 좋았을 걸 하는 아쉬움도 있지만, 이미 지나간 일이라 여긴다. 필요한 시간이었으리라 생각한다. 대신, 독서에 집중할 수 있었고, 마음이 단단해지면서 의무감으로 글을 쓰는 것에서 벗어나 진정으로 즐기게 되었다.

인생이라는 여정에 우리는 자신만의 이야기를 지니고 있다. 표현하기 힘든 감정과 복잡한 생각으로 가득 차 있다. 끌어내지 않으면 형태를 잃고 만다. 흐릿한 기억 저편 어딘가 머물다 사라진다. 슬프지 않은가. 나의 오늘이 사라진다는 게. 내가 걸어온 인생길의 발걸음 같은 글. 삶의 이야기가 글이 되어야 하는 이유다. 권태는 언제든 다시 찾아온다. 나에 대한 믿음이 있다면 극복 가능하다는 걸 이제는 안다. 글로 그리는 인생 화살표를 위해 읽고 쓰며 오늘도 나아간다.

5.
독서를 통한
성장의 순간들

진정한 성장은 자기 자신을 극복하는 것이다.

– 프리드리히 니체

엑셀을 열어 읽은 책 목록을 보니 매월 평균 일곱 권이다. 세 아이 키우고, 일하며 독서까지 하는 것은 쉽지 않다. 정신없는 상황에서도 좋아하는 걸 하고 싶어 필사적으로 책에 매달렸다. 책임감을 느끼기 위해 매달 분량을 정해서 읽는 모임에 들어갔다. 중도에 포기하고 싶어도 사람들과 한 약속이고, 낙오자가 되고 싶지 않다는 생각에 끝까지 해낼 수 있었다. 독서를 시작할 때는 한 권을 다 읽고 난 후에야 다음 책을 펼쳤다. 그런데 독서 모임에서 책 좋아하는 멤버 애정이 동시에 여러 권을 읽는다는 게 아닌가. 여러 권을 동시에 읽는 게 가능한 일이라니! 내게는 맞지 않는 방식이라고 생각했다. 오로지 한 권 끝내고 나서 다음 책으로 넘어가는 게 바른 독서법이라고 생각했다. 그러나 독서하다 보니 읽고 싶은 책이 쌓여 가기 시작했다. 처음에는 읽고 싶은 책을 온라인 서점 장바구니에 담아만 두었다. 담아 둔 책들이 궁금해 손에 쥔 책에 집중이 잘되지 않았다. 독서모임 멤버인 애정이 추천한 병렬 독서에 도전해 보기로 했다. 한 권의 책을 읽다가 집중이 안 되면 다른 책을 펼치는 방식으로, 처음에는 두 권의 소설을 번갈아 읽었다. 그러나 등장인물과 내용이 뒤엉켜 정신을 차리기 어려웠다. 결국, 나에게는 맞지 않는 독서법이라고 생각하고 한 권을 덮어 버렸다. 책을 읽을수록 작가의 다른 책과 주변 사람들이 추천한 책들이 쌓여 가면서 조바심이 들었고, 다시 병렬 독서에 도전하기로 결심했다. 동시에 소설 두 권은 실패했으니, 장르를 달리하면 어떨까 궁금해 소설과 자기 계발서를 두고 번갈아 읽었다. 자기 계발서를 읽다 소설책을 읽는데 헷갈리지 않았다. 소설 읽은 부분까지 줄거리를 간략하게 메모해 붙여 두고 다시 읽으며 내용을 보고 넘어간 게 큰 도움이 됐다. 자기 계발서는 인물과 스토리가 복잡하지 않아 책을 펴면 이전 내용이 자연스럽게 떠올랐다. 병렬 독서는 다른 장르의 책으로 해야 한다는 걸 배웠다. 계속하다 보니 이제는 소설, 자기 계발서, 사회과학, 신문 등 장르 구분 없이 동시에 두고 읽을 수 있게 됐다. 한번 해 보고 나에겐 맞지 않는다고 선을 그었다면 평생 모르고 살았겠다는 생각이 들어 아찔했다.

책상에 앉아 책을 펼친다고 바로 집중되지는 않는다. 독서에도 습관이 필요하다. 책으로 삶이 바뀌었다는 말을 믿지 않았는데 내가 변하게 될 줄은 꿈에도 몰랐다. 2019년 3월 작가 제임스 클리어의 『아주 작은 습관의 힘』을 읽었다. 저자는 고등학교 야구선수 시절 심각한 사고로 얼굴 뼈가 30조각이 난다. 야구선수에 대한 꿈은 사라지고 절망의 나락에 빠진다. 그는 포기하지 않는다. 침상에 누워 매일 1% 성장하자는 목표를 세운다. 거창하지 않았다. 일찍 자는 습관 들이기와 침구 정리처럼 작고 소소한 것이었다. 중요한 건 해냈다는 자신감을 주는 것이었다. 그는 건강도 회복하고 자기 경험을 알리는 자기 계발 전문가로 거듭난다.

매일 작은 습관을 반복해 삶을 변화시킨 그를 보고 나도 해 보자는 생각에 당장 할 수 있는 작은 일들을 노트에 적었다. 매일 독서하자는 목표는 매일 밤 10시 식탁에 앉아 책 세 장을 읽자고 장소와 시간을 구체적으로 세웠다. 밤 10시면 해야 할 일이 있다는 생각에 불편한 마음이 들어 TV를 끄고 식탁에 앉았다. 구체적으로 목표를 세우니 습관이 하나둘씩 자리 잡기 시작했다. 독서로 시작해 필사, 새벽 기상, 영어 공부까지 점점 작은 습관 들이기에 성공하자 자신감이 붙었다. 새벽에 일어나 바로 책을 펼칠 수 있도록 자기 전에 식탁에 책과 필기구를 두는 것을 잊지 않았다. 새벽의 거실은 고요하고 적막이 감돌아 집중하기에 좋았다. 거실 창으로 점점 깨어나는 세상을 바라보며 낭만을 느꼈다. 반면, 밤에는 식구들이 물을 마시러 오가고 주방의 물건 상태가 신경 쓰여 제대로 집중할 수 없었다. 도저히 집중이 안 되는 날에는 아이들의 책상을 전전하기도 했다. 온라인 모임과 강의는 식탁에서 진행할 수 없어 아이들 방에서 들었다. 아이들이 자러 들어오면 부랴부랴 온라인 창을 닫고 방을 나와야 했다. 현실은 식탁 한자리였지만, 나만의 서재를 꿈꿨다. 서재는 고사하고 내 책상이라도 두고 싶은 마음이 간절했다.

고심 끝에 남편에게 책상 이야기를 꺼내니, 안방의 옷장 한 칸을 빼내는 방법 외에는 다른 방도가 없다고 했다. '말이야, 방귀야?'라며 콧방귀를 뀌었다. 안 된다는 말보다 더 어이가 없었다.

그날 밤, 자려고 누웠는데 남편 말이 떠나지 않았다. 머릿속으로 안방에 있는 옷장과 침대 배치를 이렇게 저렇게 옮기며 구도를 잡아 봤다. 간절히 원하면 이루어진다고 했던가. 과감히 옷장 하나를 버리기로 했다. 날 잡고 집안의 모든 옷을 꺼내 거실에 쏟아부어 물려줄 것과 버릴 것으로 구분했다. 다섯 식구 버릴 옷이 산더미처럼 쌓여 아파트 분리수거함을 여러 차례 오가야 했다. 남편과 큰아들, 나까지 우리 셋은 크고 묵직한 옷장 한 칸을 들고 아파트 1층 분리수거 장소까지 옮겼다. 셋이 들기에 힘겨울 정도로 무거웠다. 장롱을 버리고 옷과 이불을 정리하니 작은 책상 하나 놓을 공간이 생겼다. 드디어! 나에게도 작은 책상이 생겼다. 작은 1인용 책상이지만, 서재 부럽지 않았다. 식탁과 아이들 책상 사이를 오가는 토끼 뜀뛰기 같은 생활을 하지 않아도 된다는 생각에 세상을 다 가진 듯한 기분이 들었다. 책상 위에 올릴 물건들을 고심하며 골랐다. 눈 피로를 줄여 주는 조명, 나무 소재 독서대, 둘째가 학교에서 만든 연필꽂이와 작은 화분. 자주 쓰는 필기구까지 줄 맞춰 가지런히 놓으니 그 어떤 서재 부럽지 않았다. 책상에서 독서하니 집중도 잘됐다. 같은 작가의 다른 책, 다양한 장르의 책으로 점점 독서의 폭을 넓혀 갔다.

6년 동안 읽고 쓰면서 인생을 다른 시선으로 바라보게 되었다. 책에 깊이 빠질수록, 책만큼 사람을 이해하기 좋은 도구도 없다는 생각이 든다. 이해할 수 없던 C 과장, 성향이 다른 B 언니, 이기적인 K 친구를 책 속에서 본다. 제삼자의 눈으로 관계를 들여다보고 과거의 나를 떠올리며 나의 잘못도 알게 된다. 자꾸 반성하게 되고 더 나은 사람이 될 방법을 고민하게 된다. 책을 쓰고, 두 개의 독서 모임을 운영하며, 블로그와 브런치에 일상을 기록하고 사람들과 소통한다. 최근에는 유튜브도 개설했다. 6년 전의 나는 상상도 못 할 삶이다. 나를 변화시킨 첫 단추는 작은 습관을 성공시킨 자신감이었다. 습관 들이기에 성공하지 못했다면 삶에 독서와 글은 존재하지 않았을 테니까. 옷장을 없애자는 생각도 삶을 변화시키는 데 한몫했다. 과감한 결단이 환경을 조성해서 본격적으로 독서에 뛰어들 수 있었다. 매일 출근 전 고요한 새벽에 독서를 즐긴다. 어수선한 세상으로 뛰어들기 전, 심호흡하며 마음을 안정시키는 효과가 있다. 지금 손에 든 글자를 보내고 또 어떤 글자와 인연이 닿을지 설렌다.

　누구에게나 처음은 있다. 매일 한 장 읽기도 버겁던 나였다. 시끌벅적 가족들 틈에서 오롯이 나만의 취미 활동을 한다는 건 쉽지 않다. 인간관계에서도 서로 친해지기 위해 시간이 필요하듯, 책과도 마찬가지다. 포기하지 않고 한 장, 두 장, 세 장으로 늘려 가며 매일 만나야 친해질 수 있다. 다가갈수록 책은 마음을 열어 준다. 친해져야 마음을 위로하는 문장, 공감 가는 구절이 눈에 많이 들어오고 짜릿함도 크다. 6년 전 내가 지금의 삶을 예상하지 못했듯, 미래에 어떤 삶을 살지는 모른다. 다만, 노년에도 책과 글을 쓰고 있겠다는 확신은 있다. 나이가 들어갈수록 어떤 값진 선물을 책으로부터 얻게 될지 설렌다.

6.
필사하는 밤

가장 중요한 것은 포기하지 않는 것이다.

— 〈별에서 온 그대〉

최근, 마르셀 프루스트의 프랑스 대하소설 열세 권을 완독했다. 한 달에 한 권씩 읽어 1년 1개월 만에 끝냈다. 이 소설은 문장 길이가 길기로 유명하다. 무려 한 문장의 길이가 10행을 초과하는 문장이 18%나 된다. 의식의 흐름대로 기술되어 독서가들 사이에서 비유법이 많아 힘든 책으로 악명 높다. 대하소설을 읽어 본 경험이 없어 오랫동안 고민했다. 한두 달도 아니고 무려 13개월이나 걸려 읽어야 한다는 생각에 결정을 내리기 어려웠다. 하지만 매일 읽는 건 늘 해 오던 일이니 할 수 있을 것도 같았다. 고민한다고 답이 있는 것도 아니란 생각에 시작했다. 못 하겠으면 그때 방법을 다시 찾으면 될 일이었다. 시작은 했는데 생각보다 만만치 않았다. 긴 문장, 의식의 흐름대로 쓴 글에 집중이 안 됐다. 이해되지 않아도 매일 책상에 앉아 정해진 분량을 읽고, A5 크기 노트에 필사했다. 13개월을 수련하는 마음으로 읽어 완독에 성공했다.

　필사의 사전적 의미는 '베끼어 씀'이다. 종이에 쓰는 노트 필사, 핸드폰이나 노트북 등 전자기기에 하는 디지털 필사가 있다. 책 전체를 베끼는 통 필사, 단락을 쓰는 문단 필사, 가슴에 와닿거나 기억하고 싶은 부분을 쓰는 문장 필사, 필요한 부분만 뽑아 적는 초록 등이 있다. 필사라고 해서 꼭 책만 쓰는 것은 아니다. 드라마의 명대사, 광고 문구, 명언 등 자신이 원하는 걸 적기도 한다.

　쓰는 건 단순하고 반복된 작업이다. 단조로운 활동을 지속하기 위해서는 취향에 맞는 필기구를 갖추는 것이 도움이 된다. 마치 운동을 시작하기 전에 장비를 갖추는 것과 같다. 손바닥 크기 노트, 진한 연필과 0.38mm 젤 펜과 삼색 볼펜 등 좋아하는 물건들로 채워 가는 재미가 있다. 처음 독서를 시작할 때만 해도 필사를 어떻게 하는 건지 몰랐다. 좋은 문장을 노트에 대충 적어 두곤 했다. 하지만 그렇게 적어 두니 필요할 때 찾을 수가 없었다. 독서 프로그램에 참여하면서 다양한 기록 방법을 알게 되었다. 매일 밤 다른 사람들이 올린 손 글씨 기록을 보는 것만으로도 마음이 편안했다. 사람들이 올린 기록을 보며 B5 노트에 와닿는 문장을 쓰고 내 생각을 적었다. 부드러운 펜의 감촉과 공간을 채우는 쓰는 소리에 마음의 편안함을 느끼기 시작했다. 지면을 빼곡히 채운 글씨를 보고 있으면 마음이 차분했다. 필사를 제대로 하고 싶어 도서관에서 관련 책을 찾다 필사 문장력 수업에 참여하게 됐다. 2021년 10월부터 유발 하라리의 『사피엔스』, 『호모 데우스』, 『21세기를 위한 21가지 제언』 인류 3부작 읽기를 시작했다. 매일 한 주제씩 읽고, 내용을 B5 크기 노트에 요약해 나갔다. 연두색과 노란색 형광펜으로 밑줄을 치고, 그림도 그려 넣고, 점점 색이 더해지고 노트가 화려해질수록 독서가 재미있었다. 매일 노트 사진에 사람들은 폭발적 반응을 보였다. 다이어리 꾸미기처럼 필사 노트 장식에 빠져들었다. 솔직히, 완독보다 필사를 끝내고 싶은 마음이 들 때도 많았다. 같은 주제와 동일 작가의 책을 3개월 동안 연속해서 읽는 것은 무료하고 지칠 때도 있었다. 필사 노트에 밑줄을 긋고 동그라미를 치며 중요한 단어에 표시하는 행위는 따분한 독서에 숨통을 트여 주는 역할을 했다. 독서가 힘들 때는 짝꿍이 큰 도움이 된다는 걸 알게 되었다. 필사는 독서에 있어서 음식 맛을 살리는 천연 조미료와 같은 존재다.

6년간 읽고 쓰며 살아 보니 이런 부분에서 도움이 됐다.

첫째, 필사는 감각기관을 자극하는 데 도움을 준다. 독서가 눈으로 보고 스치는 것이라면, 필사는 손으로 글을 잡는 두는 것이다. 쓰기를 통해 시각과 촉감을 자극하며 문장을 기억하는 데 도움이 된다. 둘째,

쓰려면 집중이 필요하다. 최소 10분 이상 집중하다 보면 마음이 차분해지고 글에 더 몰입할 수 있다. 시간이 지날수록 집중력을 더욱 높일 수 있다. 셋째, 문장 구조 공부에 도움이 된다. 2023년 12월부터 중학교 국어 교과서 작품이 수록된 책 한 권을 통 필사했다. 한 작품을 읽고 서론, 본론, 결론으로 구조를 나누었다. 새로운 단어는 형광펜으로 표시했으며, 본론에서 몇 개의 경험이 등장하는지 개수를 기록하고, 위기와 극복 방법도 파악했다. 글의 메시지가 무엇인지 찾은 후, 작업이 끝나면 전체 작품을 노트북으로 타자하여 디지털 필사를 진행했다. 끝내고 나서 다시 내용을 가볍게 훑어보고 마무리했다. 매일 하는 건 어려워 이틀에 한 번씩 진행했고, 잊을까 걱정되어 다이어리에 할 일을 표시한 후 확인했다. 구조 분석은 글의 메시지 잡고 문체와 표현력을 키우는 데 도움이 되었다. 중학교 국어 교과서 전체 필사가 끝난 후에는 1주일에 칼럼 하나를 정해 같은 방식으로 분석하고 필사하는 중이다.

필사와 짧은 생각을 기록한 단상 노트에는 과거의 내가 있다. 당시 고민과 시선, 생각과 반성이 담겨 있다. 시간과 체력이 요구되기 때문에 필사의 효과를 두고 의견이 분분하다. 언어 구조와 어휘 학습에 효과적인지 정확한 데이터로 증명된 건 없다. 내가 쓴 글자에는 책을 읽으며 쏟아 낸 온갖 감정이 깃들어 있다. 노트를 펼치면, 고요한 추억의 숲을 거닐 듯 주인공 및 주변 인물과 사건과 사고나 3자의 시선, 쓰는 감각 등이 되살아난다. 필사는 생각을 밖으로 꺼내는 훈련도 되었다. 소설 한 문장 필사 후 의견과 반성이나 각오와 의지를 쓰니 생각이 정리되고 사람들과 대화하는 데에 도움이 되었다.

『있지만 없는 아이들』의 은유 작가는 필사를 자기 것으로 만들기 위해 노트를 가지고 다니며 수시로 읽는다고 한다. 자신이 좋아한 문장은 풀어야 할 삶의 문제와 맞닿아 있다고 생각한단다. 왜 베껴 썼고, 얼마나 깊이 간직하려 애썼고, 어떤 활용을 고민해 봤는지 많은 걸 생각하게 한다. 내 삶의 문제와 맞닿아 있는 문장들이기에 노트를 펼치면 그 안엔 과거의 나와 추억이 깃들어 있다.

독서 모임에서 필사는 정기적으로 운영하는 프로그램 중 하나다. 왼손 필사, 시 필사, 문장 필사 등 다양한 방식으로 운영했다. 시 필사는 매일 마음에 드는 시 한 편 골라 필사 후 사진으로 공유하는 식이다. 같은 내용이라도 글씨체가 다르고 글에서 각자의 체온이 느껴져 다른 느낌을 준다. 왼손 필사는 평소 안 쓰는 감각 살리기에 좋다. 처음에는 쓰는 손이 후들후들 떨리고 삐뚤빼뚤 줄 간격도 일정치 않다. 한 글자 한 글자 꾹꾹 눌러 정성껏 쓰게 된다. 꾸준히 하니 간격도 잡히고 글씨도 봐 줄 만해진다. 손으로 쓰는 일은 쉽지 않다. 핸드폰이나 디지털 필사도 그렇다. 팔목과 어깨에 무리가 간다. 쉬엄쉬엄하기도 하고, 문장을 사진으로 찍어 보관하기도 하고, 정사각형 포스트잇에 한 문장 적는 식으로 하기도 한다. 쓰는 범위나 방법을 넓혔다 좁히길 반복하며 쓰기를 이어 가고 있다.

힘든 마음을 달래는 데 필사가 도움이 되었다고 하는 사람들이 주위에 많다. 집중해서 쓰는 행위가 마음을 차분하게 해 주고 안정감을 주기 때문일 것이다. 공항에서 일할 때 시간 없으니 빨리 자기 것부터 해 달라고 재촉하는 사람, 자기 말만 하는 사람, 반말하는 사람들로 마음의 상처가 컸다. 서비스 일의 고충을 실감했다. 일과 사람에 지쳐 집에 돌아오면 집안일과 세 아이로 인해 나만의 시간을 갖기 어려웠다. 잠들기 전 조용히 베껴 쓰는 시간을 가지면 시끄럽고 요란한 마음이 차분해졌다. 마치 명상처럼 마음이 복잡한 마음이 가라앉았다. 두껍고 어려운 독서도 끝까지 할 수 있게 도와주었고, 마음도 달래며 지식을 쌓는 데 큰 도움이 되었다. 여러 면에서 나를 도왔다.

기억을 위한 기록이자 나를 이해하기 위한 도구인 필사. 책 속 글을 밖으로 꺼낼수록 내 마음과 머리에 담긴 생각도 글자로 꺼내진다. 책을 오래 읽게 해 준 것도 필사의 도움이 컸다. 필사는 작가의 글에 내 생각을 꺼내고 싶은 마음이다. 삶에 대한 이해와 해석의 텍스트이자 영원한 독서 짝꿍이다. 하루를 마감하는 밤, 누군가의 경험과 고뇌, 인생의 지혜가 담긴 글 위에 나의 고민과 추억을 담는다.

7.
큰 결심,
물거품이 된 성장의 꿈

기다릴 가치가 있는 것은 기다려야 한다.

– 〈택시운전사〉

"책 쓰고 싶으면 매일 글 쓰세요."

수없이 들었던 말이다. 독서와 서평 쓰기 수업을 들으니 내 이름으로 된 책 한 권 내고 싶었다. 40년을 산 인생인데 책 한 권쯤은 거뜬히 쓸 수 있을 줄 알았다. 그러나 작가의 책 출간 특강을 들을수록 처음의 자신감은 온데간데없이 사라졌다. 마치 뒤통수를 한 대 맞은 듯 정신이 아찔했다. 하나의 주제로 적어도 마흔 개의 이야기가 필요하다는 강사의 말에 열 손가락 펴 세어 봤다. 하나, 둘, 셋. 열 개 접으니 더는 생각나는 게 없었다. 내 인생이 책 한 권도 안 된다는 사실에 좌절했다.

쓰고 싶은 마음을 가슴에 묻고 읽기에 전념했다. 오를 수 없는 나무라는 생각에 글은 쳐다보기도 싫었다. 그러나, 회피한다고 해도 일상에서 무의식적으로 글은 떠올랐다. 책에서 '당신이 좋아하는 건 무엇인가요?'라는 질문에 어느새 노트에 적고 있었다. 햇살 좋은 날 도서관으로 향하는 발걸음, 신기한 모양의 구름, 푸른 나뭇잎, 이마를 스치는 바람이라는 글자를 보니 산책하듯 마음이 들뜨고 신났다. 갑자기 새벽에 메모장을 열어 있었던 일을 쓴 적도 여러 번이었다. 낚시꾼들이 손맛을 잊지 못하듯, 쓰는 사람은 글맛을 잊지 못한다.

2023년 가을, 멈췄던 글쓰기를 다시 했다. 막내 아이 제주도 수학여행, 등산 후기, 운동, 책 리뷰 등 그동안 하지 못한 이야기들을 블로그에 풀었다. 안은정의 안(安)과 에세이를 결합해 '안쎄이'라고 이름도 지어 3개월간 수요일마다 글을 발행했다. 매주 수요일 내 이야기를 전하며 사람들과 소통하는 게 재밌었다. 다양한 방법을 시도하며 글 속에서 놀고 있다는 생각이 들었다. 다시 글을 쓰기 시작하자 블로그, 브런치 작가, 책 출간으로까지 연결되며 삶이 변하기 시작했다.

2년 전에도, 지금도 꾸준히 썼는데 쓰는 마음이 다른 이유에 대해 생각해 보았다. 과거엔 100일 글쓰기, 서평 등 프로젝트를 완수하는 데 급급했던 것 같다. 쓰는 걸 즐기거나 여유를 느끼는 마음이 없었다. 지금은 주체적으로 다양한 방식을 시도하며 글을 쓰고 있다. 과거가 호된 훈련생이었다면, 지금은 탐험가 같다. 같은 행동인데 학생으로, 탐험가로 전혀 다르게 느끼는 결정적 이유는 상황을 어떻게 바라보는가 하는 나의 시선이었다. 2년 전 나는 남을 의식하기 바빴다. 필력 뛰어난 작가와 글벗들의 글을 바라보느라 정작 내 글은 신경 쓰지 못했다. 쉬는 동안 독서를 통해 나를 들여다보자, 내 글이 곧 나 자신이라는 걸 알게 됐다. 이제는 나 자신을 있는 그대로 받아들이고 마음을 다스리기 위해 쓴다. 왜 쓰는지 이유가 분명해지자 비로소 즐길 수 있었다. 안 써지는 날은 과감히 손을 놓고 편한 마음으로 독서에 집중한다. 쓰지 못한 걸 자책하지 않는다. 쉬고 싶은 내 마음을 알아주고 원하는 걸 하며 충분히 쉰다. 글이 마음에 안 든다고 자책하지도 않는다. 나아지고 있고, 충분히 잘하고 있다고 나 자신을 다독인다. 나를 사랑해야 남이 아닌 나를 보게 된다는 걸 시간을 통해 배웠다.

책 쓰는 걸 고민하고 있다면, 알고 있는 모든 강조 부사를 사용해 써보라고 말하고 싶다. 이유는 세 가지다. 첫째, 글은 자신을 정확히 들여다볼 수 있는 도구다. 어디서나 듣는 흔한 말을 공자님 말씀이라 한다. 누구나 말할 정도로 흔한 말을 뜻한다. 초고를 쓰고 1차 퇴고하려고 글을 다시 봤다. 내가 쓴 글이 맞나 깜짝 놀랐다. 온통 공자님 말씀에 분야의 최고 전문가라도 된 양 대안을 제시하는 말들이 차고 넘쳤다. 겸손하지 못한 내가 보였다. 다 엎고 다시 썼다. 한 권의 책을 쓰기 위해서는 기억을 최대한 끄집어야 한다. 이 과정을 거듭하니 나 자신이 객관적으로 보였다.

독서 모임의 기쁨

둘째, 글은 나를 다듬는 도구다. 초고와 퇴고로 글을 다듬을 때 '나' 도 함께 다듬어진다. 과한 건 덜어내고, 부족한 건 채우게 된다. 겸손이 부족해 채웠고, 내 인생만 특별한 줄 알았던 자기중심적 사고를 덜어 냈다.

셋째, 글은 사람을 이해하는 걸 돕는 도구다. 공저 작업을 하며 크게 배운 게 하나 있다. 개인 저서가 자신을 발견하는 과정이라면, 공동 저서는 타인을 이해하는 작업이었다.

소설을 통해 다양한 삶을 접했다고 자부했는데 살아 숨 쉬는 생생한 인생 이야기가 아니라는 것을 공저 작업을 하며 알게 됐다. 함께한 이들의 청춘과 역경, 고뇌와 삶의 찬란한 순간들을 보며 관계에 서툰 나를 발견했다. 나와 다른 행동과 생각을 이해되지 않는 것으로 치부하고, 결이 다른 사람으로 분류하며 선을 긋고 살았다. 공저 작업을 함께하며 상대를 이해하고, 존중하는 법을 배웠다. 함께한 사람들이 쏟아낸 텍스트와 그 과정을 다듬어 가는 여정은 나를 성숙하게 만들었다.

많은 책에서 행동을 강조한다. 독서 후 하나라도 실행하려고 노력하며 살았다. 의지와 달리 오래가지 못하고 포기한 경우가 대부분이었다. 매번 읽고, 실행으로 옮기는 것도 만만치 않고 여의찮은 상황에 부딪히면 어느샌가 멈추길 반복했다. 책 한 권을 출간하는 것은 행동의 결정체다. 책 쓰기는 지난한 과정으로 단순히 글을 쓴다는 것을 넘는 행위다. 메시지 잡고, 맥락을 살피며 다듬는 복합적 활동으로 전 과정이 행동이다. 직접 초고를 쓰다 보니 책 속에 담긴 한 사람의 정성과 힘겨운 사투가 보였다. 필력이 뛰어난 글을 쓰는 사람이 작가라고 생각했던 내가 어리석었다는 걸 깨닫는 순간이었다. 지금 이대로의 삶으로도 충분하니 책은 안 써도 되는 거 아니냐고 묻는다면, 쓰기를 권하고 싶다. 책 쓰기는 자신을 발견하고, 다듬고, 가꾸는 방법이자 잠깐 하다 멈추는 행동보다 강력한 실행의 한 방이기 때문이다. 충분히 도전할 가치가 있다.

물거품으로 끝난 꿈인 줄 알았다. 내 이름으로 된 책을 출간하게 될 줄 몰랐다. 가슴 속 깊이 묻을 것인가, 꽃피울 것인가는 나에게 달려 있었다. 모든 게 내 마음먹기에 달렸다는 걸 뒤늦게 알게 됐다. 나를 믿고 나아가니 꿈은 멀리 있지 않았다. 내 속도대로, 나만의 방식대로 즐기다 보니 꿈의 꽃은 활짝 피었다. 오늘도 꿈을 향해 뚜벅뚜벅 걸어 간다.

8.
해 보고
못 하겠으면 말지, 뭐!

우리의 삶은 한 권의 책입니다. 우리가 잘 살아 내면,

그 이야기는 사람들에게 큰 희망과 힘을 줍니다.

– 『작은 아씨들』, 루이자 메이 올콧

변화에 불안을 느낀다. 익숙한 길로 다니고, 새로운 모임이나 사람을 만나면 적응하는 데 시간이 걸린다. 가 본 적 없는 장소에서 약속이라도 잡히면 미리 지도를 확인하고 머릿속으로 시뮬레이션까지 해야 안심하는 편이다. 익숙한 환경에 편안함을 느끼는 성격이라 '충동적, 계획 없이, 가슴이 시켜서'라는 단어와 거리가 먼 인생을 살았다. 2019년, 코로나19로 세계가 멈췄을 때 나는 공항에서 일하고 있었다. 회사는 한 달 출근, 한 달 휴가라는 격월 출근제를 1년간 시행했다. 그 여파는 다음 해에도 이어졌고, 다시 격월 출근제 이야기가 들려왔다.

"올해 저는 몰아서 한꺼번에 쉬겠습니다."

격월로 출근하다 보니 무언가를 제대로 배우기가 어려웠다. 다음 달 일정이 어떻게 조정될지 몰라 마음 편히 쉴 수도 없었다. 시간을 의미 있게 사용하려면 충분한 시간이 필요하다고 생각했고, 그래서 한꺼번에 쉬겠다고 요청해 소중한 6개월의 시간을 확보했다. 쉬기 전부터 각종 교육 사이트를 찾아보며 조사했다. 교대 근무 중에도 독서와 글쓰기는 항상 놓지 않았다. 고객이 없을 때나 점심을 먹고 난 후, 출퇴근하는 버스 안에서 틈틈이 읽고 썼다. 막연히 책과 관련된 일을 하고 싶다는 생각을 해왔다. 코로나로 인해 온라인 프로그램이 쏟아졌다. 그중 다양한 독서와 글쓰기 강좌를 살펴보다가 한겨레 문화센터 수업을 듣게 되었다.

첫 강의는 독서 논술지도사 과정이었다. 자격증 취득을 목표로 했다. 매주 온라인으로 교수님을 만나 강의를 들었다. 지정 도서 읽고 과제를 제출하는데 생각보다 쉽지 않았다. 나이별 도서 선정과 교안, 질문지를 만들고 수업 방식을 설명해야 했다. 첫 책으로 고등학교 1학년을 대상으로 올더스 헉슬리의 도서를 선정했다. 교안과 발제 준비를 위해 처음부터 끝까지 네 번을 읽었고, 밑줄 친 부분까지 수십 번을 되풀이해 읽었다. 놀랍게도 읽을수록 내용이 새롭게 다가왔다. 책의 매력에 점점 더 빠져들었고, 재독의 가치를 새삼 깨닫게 되었다. 필기와 실기 시험을 모두 마치고 자격증을 받았다. 이어서 북 큐레이

터와 글쓰기 지도사 과정도 연달아 신청했다. 시간이 흘러, 어느덧 나의 휴식 기간이 끝나 가고 있었다. 의미 있는 시간을 보냈으니 이제 직장으로 돌아가 열심히 일하기만 하면 됐다. 하지만 복직일이 다가올수록 속이 답답하고 체한 듯한 기분이 들었다. 자격증까지 따고 나니 회사로 돌아가고 싶은 마음이 생기지 않았다. 자격증이 있다고 해서 무작정 뛰어들 수 있는 것도 아니었다. 꼬리에 꼬리를 무는 고민이 계속되어 머리가 아프고 한숨만 나왔다.

　20대 초반, 초등학교에서 컴퓨터 선생님을 했었다. 대학에서 컴퓨터를 전공했지만, 취업과 졸업장을 위한 선택이지 적성을 고려한 건 아니었다. 그때는 하고 싶은 게 딱히 없었다. 전공이란 단어는 내게 단어 그 이상 이하의 의미도 없는데 사회에 나오니 사람들은 전공을 묻고 그것으로 나를 평가했다. 마땅히 하고 싶은 게 없어 선택한 길이고 파란 화면에 프로그램명만 치다 끝났는데도 과정보단 결과였다. 손이 빠른 것도 전공과 엮어 생각하고, 컴퓨터에 만능일 거라 단정 짓곤 했다. 전공이란 타이틀이 나의 모든 걸 대변해 버리는 것 같아 씁쓸했다. 졸업이 다가오자, 취업 걱정에 조바심이 났다. 혹시 몰라 교직과목 점수를 취득해 실기교사 자격을 취득해 두었다. 다행히 교수님 추천으로 초등학교에 취업했고 학교 출근 소식에 부모님은 기뻐하셨다. 딸이 다닐 학교를 구경하러 오시기까지 했다. 부모님이 좋아하시는 모습을 보니 잘한 선택이라고 생각되어 오래 다닐 작정이었다.

드디어 출근 날이 왔다. 담당 선생님이 안 계신 상황이라 대략적인 인수인계만 받고 수업에 참여했다. 저학년과 고학년, 자격증 준비반, 타자 연습반, 파워포인트 배우는 아이들까지 모두 한곳에 모여 있는 정신 없는 반이었다. 연습하는 아이들에게 신경 쓰면, 저쪽 무리에서 왜 우리는 안 봐주냐고 아우성쳤다. 아이들을 다루는 요령과 수업 경험이 부족해 매일 버겁고 지치는 날이 이어졌다. 한 번씩 학부모까지 찾아오니 심적 부담도 컸다. 1년이 지나 학교 측으로부터 연장 계약 제의를 받았지만, 더는 계속할 수 없을 것 같아 내 발로 나왔다. 독서 논술 학원 강사 자리를 알아보다 까맣게 잊고 있던 20년 전 기억이 발목을 잡았다. 지금은 세 아이의 엄마이자 사회 경험도 있어 예전과는 다를 거라는 실낱같은 희망을 품었다. 경력 없는 나를 써 줄 곳이 있을지도 모르는 상황에 섣부른 걱정은 접었다. 집 주위 학원 정보를 얻으려 인터넷 지역 카페에 들어갔다. 동네에 그렇게 많은 논술 학원이 있다는 사실에 놀랐다. 댓글을 훑어보다가 눈에 띄는 내용을 발견해 운영하는 블로그에 들어가 자세히 살펴보았다. 학원 내부 모습을 보니 일하고 싶은 욕심이 들었다. 쇠뿔도 단김에 빼라 했던가. 기회가 왔을 때 놓치지 말자 싶어 무턱대고 학원에 전화했다. 그 학원에서는 구인 광고를 낸 것도 아니었다. 강사 일을 배우고 싶다고 말하고 간단히 내 소개를 했다. 전화를 받은 사람은 행정 실장이었다. 원장에게 전해 주겠다는 답을 받고 전화를 끊었는데 손이 바들바들 떨렸다. 무슨 독서 논술 강사를 하겠다고. 정신이 번쩍 들었다. 원장에게서 전화가 오지 않기를 바랐지만, 다음 날 원장에게서 연락이 왔다. 면접 날짜가 잡히고, 그동안 해 온 독서 및 온라인 모임, 블로그 책 서평 활동의 자료를 준비해 갔다. 그 결과 좋은 성과를 얻었다.

용기 내지 않았다면 오랫동안 후회로 남았을 것이다. 경험을 통해 무작정 돌아설 게 아니라 한 번은 배짱을 부릴 필요가 있다는 것을 배웠다. 그리고 모든 활동이 포트폴리오가 된다는 것도 알게 됐다. 블로그에 기록한 건 나를 위한 소장용이라고 생각했었는데 잘 다져 놓은 SNS 활동 기록이 나의 명함이 될 수 있다는 것을 새롭게 알게 되었다. 기록의 중요성을 깊이 느꼈다.

특정 성향이나 성격으로 나를 단정 지어 왔다. 하지 못한 걸 뒤늦게 후회하며 살았다. 용기 내어 도전해 봐야 내게 맞는지, 안 맞는지 알 수 있다. 강사 일은 10개월 만에 마침표를 찍었다. 아이들과 창의적으로 수업을 이어 가는 게 쉽지 않았고, 수업 준비하느라 정작 좋아하는 책을 읽지 못하는 것이 싫었다. 행동으로 옮겨봤기에 한 점 후회 없이 훌훌 털고 다른 꿈을 찾아 떠날 수 있었다.

까짓것 해 보고, 못 하겠으면 그만두면 된다. 우리는 삶에서 뜻하지 않은 벽과 마주하곤 한다. 밑에서 바라보면 거대하게 느껴진다. 뛰다 다치면 큰일이라는 생각에 주춤한다. 굳이 힘든 일에 맞설 필요 있냐며 포기한다. 쉬운 방법을 더 좋은 방법이라며 자기 합리화한다. 우리는 수많은 멈춰야 하는 이유를 생각한다. 모두 핑계에 불과한 말들이었다. 멈추면 벽 너머 세상은 영원히 볼 수 없다. 지금까지 안주하며 하지 못한 것에 미련만 안고 살았다. 중도에 포기하더라도 시도하는 게 낫다. 시간이 지나도 후회는 안 남으니 말이다. 일단은 시작하고 보는 거다!

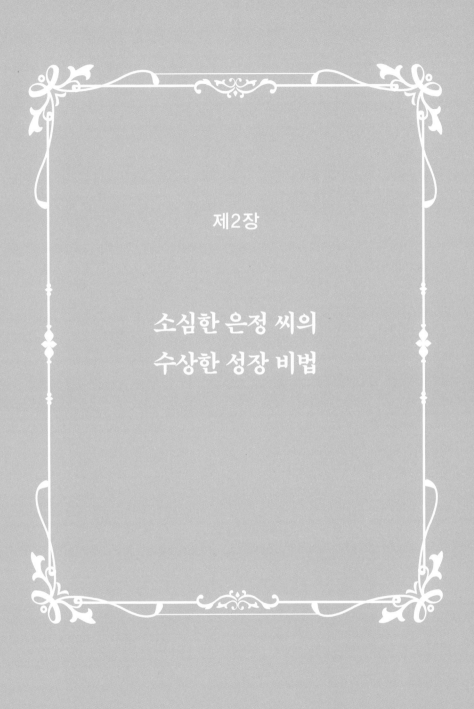

제2장

소심한 은정 씨의
수상한 성장 비법

1.
정체 수상한
그녀들의 독서 모임

성장은 자신이 불완전하다는 것을 받아들이는 것이다.

– 『잃어버린 시간을 찾아서』, 마르셀 프루스트

2023년 4월로 독서 모임이 5년을 채우고 6년에 접어들었다. 나의 30대는 일과 육아뿐이었다. 독서 모임이라니. 참석도 아닌 운영자로 6년을 보냈다는 게 믿기지 않는다. 퇴직 후 우연히 시작한 김미경 캠퍼스에서 동네 소모임을 독려했다.

지역 모임에 처음 나간 날 계획에 없던 리더를 맡게 되었다. 멤버라고 해 봤자 애정과 나, 단 두 명뿐이었다. 독서 모임에 한 번도 참석해 본 적 없다고 하자 애정은 환하게 웃으며 도와주겠다고 했다. 준비되지 않은 채 떠밀려 맡아 순탄할 리 없었다. 커피숍에서 둘이 만나 함께 읽은 책 이야기를 했다. 다른 사람 앞에서 내 의견을 말하는 게 쉽지 않았다. 모임 끝내고 집으로 돌아오는데 후회가 밀려왔다. 역시, 리더는 아니라는 생각뿐이었다. 그럼에도 무슨 정신이었는지 블로그에 후기는 남겼다.

그런데 이게 웬일이람! 참석하고 싶다는 댓글이 달렸다. 오래갈 모임도 아닌데 큰일이라고 생각했다. 무턱대고 안 된다고 할 수도 없는 노릇이었다.

선희는 집에서 모임 장소까지 40분을 운전해서 온다. 멀리서도 매달 빠지지 않고 참석하는 그녀가 세 번째 멤버다. 둘만 있다 세 명이 되니 분위기가 확 달랐다. 활기차고 생동감 넘치는 모습에 비로소 모임 같다는 생각이 들었다. 바뀐 분위기가 좋으면서도 한편으로는 부담이었다. 모임에 참석한 사람들에 대한 예의라는 생각에 모임 후기를 빠짐없이 블로그에 올렸고, 그 후에 문의 글이 하나씩 달리며 인원이 점점 늘어 갔다. 모임에 대한 책임감도 함께 커져만 갔다.

매달 프로그램을 구상한다. 그러기 위해 사람들 성향을 살펴야 했다. 재인은 외향적이고 활기차다. 현직 강사로 아이디어가 넘치고 의리와 정의, 재미를 추구한다. 반면, 선희는 내향적이다. 차분하고, 넓고 깊이 있는 독서를 즐긴다. 처음부터 함께한 애정은 정 많고, 솔직하고, 칭찬 잘하고 책을 사랑한다. 중요한 건, 나만 빼고 다들 오래 독서 모임 경험이 있다는 것이다. 마치 경력자들 사이 신입사원 같았다.

은정 씨의 수상한 독서모임

프로그램 운영에 대한 고민은 날로 커갔다. 인터넷을 뒤져 다른 모임의 프로그램을 알아보니 매월 한 권 읽고 토론, 선정 도서를 정해 분량만큼 함께 읽기, 발제와 단상 나누기 등 비슷한 형식이었다. 하나 골라 진행하면 될 터였다. 비슷한 방식으로 하려니 마음이 내키지 않았다. 멤버 대부분 다른 독서 모임도 참여 중이라 그랬다. 다른 모임과 비슷한 방식이라니 생각만으로도 지루했다. 다른 모임과 별반 다를 것 없는 비슷한 모임을 만들면 운영자인 나도, 모임원도 큰 흥미를 느끼지 못할 게 분명했다. 우리 모임만의 차별화가 필요했다.

이름부터 지어야겠다 싶었다. 감성적인 분위기나 감각적인 느낌의 '감성'과 예술, 문학, 음악 등 다양한 분야에서 아름다운 경험을 제공하는 공간을 지칭하는 '살롱'을 결합해 감성 살롱으로 지었다.

중심 뿌리는 책과 글쓰기고 계절과 상황, 각자의 특기를 살리는 다양한 활동을 병행하는 식으로 구상했다. 이런 형식을 좋아할지 걱정이 컸다. 함께 읽고 싶어 독서 모임에 참석한 걸 텐데, 모임이 산으로 가는 게 되면 어쩌나 두려웠다. 모임 이름을 만들었을 때, 신규 프로그램을 설명할 때, 매월 모임마다 아끼지 않고 칭찬을 받아 자신감이 생겨 새로운 아이디어를 계속 생각했다. 6년 동안 모임을 이어 올 수 있었던 9할은 그들의 호응이 있었기 때문에 가능했다.

"이번 여름엔 싱잉볼 명상 체험합니다."

2023년 6월, 명상센터에서 모임을 진행됐다. 강사의 지도하에 우리는 나란히 누워 고요한 싱잉볼 소리에 귀 기울였다. 명상을 마친 후 강사가 준비해 준 채식 식사를 하며 후기를 나눴다. 영종도를 벗어나지 않았는데 장소가 바뀌니, 마치 1박 2일 여행을 온 듯한 기분이 들었다. 새로운 경험과 장소가 감성을 자극했다. 더위가 한창인 8월, 매일 온라인으로 캘리그라피를 연습했다. 책, 영화, 드라마에서 의미 있는 문장을 골라 손으로 썼다. 붓펜을 들고 한 달간 글씨를 연습한 건 처음이었다. 단톡방에 올라오는 딱딱한 전자식 글씨 대신 정성이 깃든 손 글씨를 보니, 사진 속에서 그 사람의 온기가 전해지는 듯했다. 자격증 취득이 목적이 아니라 잘하고 못하고는 중요하지 않았다. 그림 보듯 각자 스타일이 풍기는 글씨체를 구경하는 재미와 마음을 차분하게 하는 것만으로 충분했다. 한 달간 매일 쓰자 처음과 달리 실력이 느는 게 보였다. 처음보다 발전했다는 사실 하나만으로도 우리의 여름은 만족스러웠다.

언젠가 모임에서 한 멤버가 여름만 되면 영양제 챙겨 먹기 힘들다는 게 아닌가. 귀담아들었다가 그해 7월 건강 챙기기 챌린지를 운영했다. 매일 영양제 챙겨 먹은 사진을 공유하며 여름을 보냈다. 일상의 한 장면을 사진에 담아 한 문장 덧입히는 감성 카드를 운영하고, 미니 족자에 간직하고 싶은 문장을 붓글씨로 써서 교환하기도 했다. 한 달에 한 번 만나 자신이 읽은 책 얘기와 매달 주제를 바꿔 가며 글쓰기를 한다. 온라인으로는 한 번씩 다양한 프로그램을 운영한다. 2023년 겨울, 서로에게 궁금한 것들을 적어 보게 했다. 목록으로 만들어 다음 해 미니 강연 프로그램을 구성했다. 전문 강사 재인에게 강연 기법 훈련도 부탁했다. 지역, 성별, 나이 구분 없이 모여 매월 한 권을 느리게 읽는 인문학 독서 모임도 최근 추가로 개설했다.

블로그나 SNS 후기를 보고 참석 문의가 들어오곤 한다. 나는 '다른 독서 모임과 다릅니다.'로 시작하는 장문의 답을 한다. 매달 책을 선정해서 함께 읽는 방식이 아니라는 말에 의외로 자신이 원하는 방식이라는 답을 받곤 한다. 책을 읽어야겠다는 필요성은 느끼지만 매달 읽는 건 부담이라고. 그렇게 들어와서 몇 달 만에 나가기도 하고, 정식 멤버가 된 사람도 있다. 신규 회원을 받을 때면 늘 고민이다. 모임도 결국 사람이기 때문이다. 기존 사람들과 어울리지 못하거나 원하는 바가 다르면 어쩌나 걱정된다. 회원이 나간 후 마음의 상처도 받았다. 지나고 나니, 리더로서 성숙해지는 과정이라고 생각한다. 책을 매개로 오래도록 함께 성장하며, 삶을 응원하는 친구 같은 존재가 되기를 바란다.

작가 강원국은 칼럼에서 '인간관계는 물처럼 흘려보내지 말고 저장해야 한다.'라고 했다. 저축하듯 사람 관계도 축적해야 한다는 의미다. 나는 지금껏 물처럼 흘려보내는 관계를 맺으며 살았다. 태어나 자란

곳, 결혼과 오랜 직장 생활의 두 번째 터전, 다시 터를 잡은 세 번째 장소까지. 삶의 터전이 바뀔 때마다 관계는 자연스럽게 얕아졌다. 직장과 관심사, 환경이 다르니 만남이 줄고 대화도 줄어든 탓이다. 관계를 축적하거나 잡으려 애쓰지 않고 흘러가는 대로 두었다. 그러나 예상치 못한 곳에서 관계는 다시 맺어졌다. 내게 독서 모임 사람들이 그렇다. 이 사람들과 단단하게 줄로 연결된 느낌이다. 만나기 전 설레고, 만나면 들뜨고, 만나고 나면 마음이 따뜻하다. 축적하려 애쓰지 않아도 길게 이어지는 소중한 사람들이다.

독서 모임의 정체가 수상하기 짝이 없다. 한두 달 하다 백기를 들 작정이었다. 이렇게 5년 채우고 6년까지 하게 될 줄은 몰랐다. 돌이켜 보면, 경험은 없어도 책임감만큼은 강했다. 함께한 사람들의 시간을 귀하게 여겼다. 내가 그들을 생각하는 만큼 신뢰는 쌓였고 시간이 축적되었다. 명상도 하고 손 글씨에 영양제도 함께 챙겨 먹는 사이다. 독서 모임인지 취미 모임인지 정체가 불분명한 게 사실이다. 유명 영화에 '뭣이 중헌디!'라는 대사가 나온다. 모임의 정체가 뭐가 중요한가. 만나면 좋고, 신나면 된다고 본다. 다양한 프로그램 맘껏 시도하게 해 주는 사람들 속에서 사랑하는 마음 하나로 더 정체 수상한 것들을 잔뜩 하려 한다.

그녀들의 독서 모임

2.
책 많이 읽어야
리더 하나요?

독서는 새로운 세상을 여는 열쇠다.

— 『잃어버린 시간을 찾아서』, 마르셀 프루스트

1년에 고작 3권. 나의 독서량이다. 한 권도 펼치지 않고 해를 넘길 때도 수두룩했다. 평일엔 늘 피로에 지쳐 있었고 주말엔 고생한 가족을 위해 보상하기 바빴다. 꽃 피는 봄과 단풍 지는 가을에는 캠핑장으로, 한겨울에는 스키장이나 온천으로 떠났다. 퇴근 후 집안일을 마치고 나면 몸은 녹초가 되었지만, 잠들기 전까지 핸드폰을 열어 아이쇼핑이라도 해야 하루를 마무리한 것 같았다. 나에 대한 유일한 위로이자 보상이라고 스스로 합리화하며 살았다.

사람 사는 거 다 비슷한 줄 알았다. 그러나 퇴직 후 자기 계발에 뛰어들고 나서야 내가 알던 세상이 우물 안이었다는 걸 깨달았다. 새벽

기상, 매일 경제 신문 읽기, 어학 공부까지 세상에는 24시간을 48시간처럼 쓰는 사람들이 넘쳐 났다. 그런 사람들 사이에서 경험 없는 내가 독서 모임 리더를 맡았으니, 걱정과 고민이 따르는 건 당연했다.

어영부영 맡았지만, 리더로서 블로그와 카페를 돌아다니며 운영에 대해 고민했다. 다른 건 몰라도 책임감은 있었다. 모임은 매번 발등에 떨어진 불같았고, 돌아서면 어느새 다음 달이 눈앞에 닥친 것 같았다. 어떤 내용으로 진행해야 할지 감을 잡지 못해 헤맸다. 이번 모임이 잘됐다고 다음 달도 잘될 거란 보장은 없었다. 재밌다는 칭찬에도, 기대에 미치지 못하면 어쩌나 하는 불안을 느꼈다. 마치 더 높은 허들을 뛰어넘어야 하는 선수 같았다. 운영에 대한 고민뿐만 아니라, 독서 경험이 부족하다는 점도 한몫했다. 책에 대한 정보를 많이 알고 있는 게 유리하다고 생각했다. 결과적으로는, 이런 생각 때문에 교대 업무 중에도 악착같이 읽고 쓸 수 있었다.

몇 년 지나고 보니 리더가 꼭 책 많이 읽는 사람을 뜻하는 건 아니란 생각이다. 모임엔 다양한 사람들이 존재한다. 독서 경험 없는데 책 읽고 싶은 마음이 생긴 사람도 있고, 독서는 하지만 모임 참석은 처음인 사람, 책 좋아해도 한 장르만 고집하는 사람도 있다. 높은 진입 장벽보다는 친근함을 느낄 수 있는 자리로 방향을 잡았다. 독서량이 적다고 주눅들 필요 없다. 몇 년 읽었고, 얼마나 읽었는지는 과거형이다.

얼마나 좋아하고, 꾸준히 읽고 있는지 현재가 중요하다. 특히, 책을 통해 깊은 사유와 성찰하려는 자세가 더 필요하다고 본다. 모임은 자기 생각과 지식을 공유하는 자리다. 리더는 서로 다른 의견이 균형을 이룰 수 있도록 포용과 타협으로 중심을 잡아 주면 된다. 가장 중요한 건 소통과 꾸준함이 아닐까. 다수 의견을 정리해 전달하고 다양한 생각과 아이디어로 풍부한 토론이 이루어질 수 있도록 중계자 역할을 해야 한다. 관심의 끈을 놓지 않고 꾸준히 하다 보면 나만의 책 취향과 고르는 요령은 생긴다. 모임을 꾸려갈 때 모인 사람들의 역량을 활용하는 것도 도움이 됐다. 함께 모인 곳이니 각자가 지닌 능력과 전문성을 살리며 서로 성장해 갈 수 있다.

"리더님은 내용 정리를 잘하시네요."

처음에 사람들에게 자주 들었을 때는 와닿지 않았다. 모임을 운영하며 정리하는 것에 급급해 상대의 말에 집중하지 못하는 것이 오히려 고민이었다. 꼼꼼히 정리는 하지만 늘 마음 한편이 무거웠다. 정리 압박은 내가 고쳐야 할 문제라고 여겼다. 경청에 도움이 될 책도 읽고, 해결 방법에 대해서도 고민했다.

모임 때마다 정리 능력을 칭찬하니 생각이 바뀌기 시작했다. 못하는 것보다 내가 잘하는 것에 집중하자고 생각했다. 오히려 정리 능력을 키워 보자고 고민의 방향을 180도 틀어 버린 것이다. '어쩌다 내용 정리를 잘하게 됐지?' 이유를 생각해 보니, 15년의 직장 생활이었다. 회사 다닐 때는 비효율적이고, 피로만 쌓인다고 원망했던 각종 회의가 정리 기술을 키워 준 것이다. 무엇이든 오래 하면 실력이 쌓인다는 걸 알게 됐다.

정리 압박이 아닌 정리 능력. 단점을 고치려 애쓰기보다는 강점으로 변화시킬 수 있다는 걸 그때 알게 되었다. 내가 지닌 것을 자세히 들여다보고 비틀어 생각하면 다른 모습이 될 수 있었다.

버릇 중 하나가 대화할 때 상대의 단어에 집중하는 것이다. 반복적으로 사용되는 단어가 귀에 꽂힌다. 우리는 인식하지 못하는 사이에 관심사나 고민과 연관된 단어를 자주 사용한다. 상대가 자주 쓰는 말을 유심히 듣는 건 대화에 도움이 된다.

첫째, 대화 초반에 물꼬 트기에 수월하다. 새로운 멤버나 낯가림이 있는 상대와의 대화 분위기를 한층 부드럽게 만든다. 둘째, 상대의 성향을 파악하는 데 도움이 된다. 최근 오래된 지인을 만났다. 대화에 '단어'라는 표현을 자주 썼다. "혹시, 요즘 관심사가 단어세요?"라고 물으니 올해 새로운 단어에 관심이 생겼다고 한다. 또 다른 경우 대화법과 관련된 단어를 자주 사용하는 멤버가 있다. 독서 모임에 분기별로 말하기 기법이나 대화법과 관련된 책을 들고 온다. 셋째, 대화 중 새로 발견한 단어는 오래 기억된다. '윤슬'은 바닷물, 햇빛에 비쳐 반짝이는 것을 뜻한다. 잘 쓰지 않아 몰랐다. 대화를 통해 배워 당시 상황이 떠올라 잊을 수 없는 단어가 되었다.

쓰는 단어가 그 사람의 모든 걸 대변하는 건 아니다. 다만, 상대의 감정 상태나 관심 사항을 빠르게 알아채는 데 도움은 된다. 깊은 대화로 이어지게 하는 촉매제가 된다. 모임 리더라서 동시에 여러 가지를 챙겨야 한다. 상대의 말 속 단어에 집중하면 최근 관심사나 고민거리를 빠르게 파악할 수 있고, 내용 정리에도 도움 된다.

매월 읽은 책을 소개하는 코너가 있다. 해가 바뀌니 프로그램에 변화를 주고 싶었다. 어느 날, 소설을 읽다 '파티'라는 단어가 유독 눈에 들어왔다. 유레카! 우리가 했던 방식은 각자 준비한 음식을 들고 참여하는 포트락 파티 같았다. 이번엔 다 함께 파티 복장을 맞추는 드레스코드로 주제를 정하면 좋겠다는 생각이 들었다. 올해는 매월 주제를 정하고 어울리는 책을 가져오는 북코드를 진행 중이다. 고민이 생길 때면 책에서 답을 찾곤 한다.

독서 모임 한 번 나간 적 없고, 책 한 권 읽지 않았어도 운영하고 있다. 내가 6년간 리더로 있을 수 있었던 건 경험 부족 때문이었다. 늦게 시작했기에 누구보다 열심히 해야 하는 걸 알았다. 쉬지 않고 읽고, 쓸 수 있었던 비결이기도 하다. 자신을 부족한 사람이라고 보는 건 양날의 검과 같다. 주눅 들게 하거나, 열정의 불씨를 태우거나.

기간이나 양보다는 관심과 의지가 중요하다고 생각한다. 시간을 들인 만큼 세상은 길을 내어 준다. 지금처럼 다양한 프로그램 속에서 사람들과 어울리며 살 생각이다. 뒤늦게 빠진 독서에 밤새는 줄 모르며 나이 들고 싶다. 책과 사람, 배우고 나누는 인생 후반전을 꿈꾼다.

자유 독서

3.
책은 좋아하지만,
독서 모임은 부담스러워

자신의 꿈을 추구하는 것이 진정한 삶의 의미다.

— 『노인과 바다』, 어니스트 헤밍웨이

워킹 맘으로서 교육 정보도 얻고 친분도 쌓기 위해 엄마들 모임에
나갔다. 학교에서 일어난 일을 아이보다 먼저 들을 수 있어 좋았다.
만나는 횟수가 늘고, 가까워지니 대화 주제가 남편이나 시댁으로 옮
겨갔다. 첫째, 둘째 아이 반 모임 모두 비슷한 양상이었다. 회사 점심
시간이면 밥 먹고 휴게실에 앉아 커피 마시며 수다를 떨었다. 대화의
소재는 주로 드라마나 예능, 동료나 상사, 자녀 등 한결같았다. 한바
탕 수다를 떨고 나면 쌓인 스트레스가 풀렸지만, 남는 건 없었다. 늘
한숨으로 대화가 끝이 났다. 엄마들 모임이나 회사 휴식 시간 모두 처
음엔 반짝하고 빛나는 것 같아도 마음엔 무료와 허무함만 남았다.

은정 씨의 수상한 독서모임

인천으로 이사한 후 처음으로 독서 모임에 나갔다. 낯선 사람들과의 만남이 어색해 결정하는 데 오래 걸렸다. 첫 공지가 떴을 때는 용기를 내지 못했다. 이후 올라온 후기 사진 속 사람들의 표정이 모두 밝았다. "한번 용기 내 보자."라는 생각에 두 번째 모임 공지가 떴을 때 바로 신청해 버렸다.

드디어, 모임 당일. 쭈뼛대며 처음 보는 사람들 틈에 있는 게 어찌나 어색하던지. 마땅히 시선 둘 곳을 찾지 못해 괜히 왔나 싶었다. 30분쯤 지났을까? 처음과 달리 어느새 잘 어울리고 있었다. 책과 성장이라는 공통된 관심사에 공감되고, 끝날 때쯤 우리는 오래 알고 지낸 사이 같은 관계가 되어 있었다. 독서 모임이 처음이라 주눅 들고 수준 높은 대화에 소외될 걸 걱정했다. 그러나, 혼자만의 착각이었다. 가만히 듣고 있는 것만으로도 충분했다. 오래 자기 계발과 독서를 한 사람들이라 그런지 얻을 게 많았다. 내용 정리, 시간 관리, 독서법과 강연 정보까지. 시행착오 끝에 얻은 비법을 쉽게 배울 수 있었다. 모임에 참석했을 뿐인데 하루를 알차게 보낸 기분이었다. 한 번 만났다고 온라인에서도 각별했다. 서로의 글을 정성스럽게 읽고, 격려와 응원을 아끼지 않았다. 지지해 주는 사람들 속에 있는 게 좋았고, 독서와 글쓰기가 재미있었다. 첫 독서 모임 참여! 대만족이었다.

모임 활동에 대해 참석과 운영 둘 다 해 본 입장에서 이런 점이 도움이 되었다.

첫째, 시선과 사고의 확장이다. 모임을 통해 평소라면 선택하지 않을 장르의 책을 읽고 토론하게 된다. 혼자 하는 독서는 생각에 고립되기 쉽다. 사람들과 의견을 나눌수록 새로운 관점과 지혜를 얻게 된다. 둘째, 환경, 성향, 직업 등 다양한 사람들과 관계를 넓힐 수 있다. 직장과 집만 오가는 생활을 하니 다양한 직업의 사람을 만날 기회가 적다. 강사, 회계사, 주식 트레이너, 미술작가, 설치예술가까지 책은 관계의 폭을 넓혀 준다. 같은 책, 다른 해석을 듣는 짜릿한 즐거움도 크다. 내 입장으로만 보던 세상을 다른 사람의 시선으로 바라볼 수 있게 해 준다.

마지막으로, 여러 사람과 의견을 나누고 생각을 표현하다 보니 생각 정리와 어휘력 향상에 도움이 된다. 예전에는 생각을 말해야 할 때면 밖으로 꺼내는 훈련이 안 된 탓에 얼어붙곤 했다. 토론을 통해 생각을 표현하는 연습을 하다 보니 점점 길고 명확하게 말할 수 있게 되었다.

언젠가 돌아가며 함께 읽을 책을 선정한 적이 있었다. 요가, 죽음, 세계 트렌드, 말하기 기법 등 다양한 장르의 책들이 뽑혔는데, 혼자였다면 읽지 않았을 책들이 많았다. 독서 편식 없이 다양하게 읽고 있다고 생각했는데 착각이었다는 걸 깨달았다. 멤버가 고른 책을 함께 읽는 경험은 다른 사람의 취향과 성향을 받아들이는 데 도움이 되었다. 서로 끈끈한 유대감을 형성하는 데에 중요한 역할을 했다.

처음 독서 모임에 참석할 용기를 낼 수 있었던 건 변화에 대한 간절한 갈망 때문이었다. 이유 모를 공허 속에서 지쳐가며 15년을 보낸 워킹맘의 모습에서 벗어나, 새로운 길을 찾아 다른 삶을 살고 싶다는 마음이 나를 움직이게 했다. 두려움과 걱정이 없었던 것은 아니지만, 그런데도 지역 독서 모임에 참여한 것은 내 인생의 '신의 한 수'였다. 그날 참석으로 왕초보였던 내가 모임의 리더가 되었으니 말이다. 만약 '잘할 수 있을까.'라는 고민에 참석을 주저했다면, 지금의 나는 없었을 것이다.

원래 사람들과의 만남을 에너지 소모로 느끼고, 책 이야기를 부담스럽게 생각했던 나였다. 눈 딱 감고 도전한 선택이 내 삶의 방향을 완전히 바꾸는 계기가 되었다. 책을 넘어서는 소중한 경험을 했고, 평생 함께할 책 친구들도 사귀었다.

나는 내향형이다. 외부 활동 후 집에 오면 우선 쉬어야 다시 활동할 수 있다. 새로운 모임에라도 가면 걱정부터 하는 사람이다. 독서 모임을 하며 사람들과의 교류가 에너지 소모가 아닌 삶의 시너지라는 걸 알게 됐다. 언젠가, 모임에서 인생의 미덕을 담은 버츄카드를 뽑았다. 진행자인 재인이 카드 뽑기 전 마음속으로 질문을 생각하라고 했다. 자신의 카드를 보이며 속으로 생각한 질문이 뭐였는지 사람들에게 말했다. 나는 새로 시작한 프로젝트를 잘할 수 있는지를 물었다고 했다. 뽑은 카드는 연두색 한결같다는 단어가 쓰여 있었다. 카드 속 단어에 의아한 표정을 보이자, 모임원들이 웃으며 날 봤다. 말하지 않아도 그들의 표정에서 우린 네가 잘할 걸 알고 있다고 말하는 게 느껴졌다. 믿어 주는 사람이 있다는 건 자산이다. 자존감을 높이는 방법에는 여러 가지가 있겠지만, 내게 독서 모임은 지치고 힘들어도 만나면 100% 완충되는 자존감 충전소 같은 곳이다.

독서 모임 활동을 추천한다. 혼자 하는 독서는 나만의 생각에 갇히기 쉽다. 깊고 다양한 시선으로 책을 해석할 수 있는 가장 좋은 방법은 사람들과 함께하는 것이다. 나는 나에 대한 확신이 부족한 사람이었다. 불안한 눈으로 세상을 봤다. 읽고, 쓰고, 사람 안에 있으니, 확신이 생기고 불안도 줄었다. 적당한 선을 유지한 채 바라보면 방관자밖에 안 된다. 눈으로 읽고 입으로 꺼낼 때 책은 비로소 내 것이 된다. 다른 사람의 지혜를 배우고, 새로운 통찰을 얻기에 독서 모임만큼 좋은 곳이 없다. 깊이 있는 독서를 원한다면 용기 내 사람들 속으로 들어가야 한다.

버츄카드

4.
읽는 건 좋은데
시작이 두려워요

이 순간이 소중하다는 것을 잊지 말아야 한다.
— 〈기생충〉

 책 좋은 건 아는데 시작하는 건 쉽지 않았다. 38년 읽지 않다가 독서 시작한 지 이제 6년. 한 권도 펼치지 않고 보낸 해가 수두룩하다. 쇼핑, 밀린 드라마 볼 시간은 있어도 책 한 권 들여다볼 여유는 없었는지. 마흔을 코앞에 두니 불안했다. 누구의 엄마, 아내, 딸, 며느리, 직장인인 이대로 늙어 가는 건지. '나'는 누구이며 뭘 좋아하고, 잘하는지. 꿈 없던 열아홉과 다를 게 없었다.

 퇴직 후 동네 도서관에 갔다. 빽빽이 채워진 책 앞에 섰는데 막막했다. 책 한 권 고르는 게 그렇게나 어려운 일인 줄 몰랐다. 소설, 역사, 고전, 산문, 철학. 그 많은 장르 앞에서 고르지 못하고 서성였다. 어느

쪽으로 가야 할지, 어떤 책을 선택해야 할지 발길이 떨어지지 않았다.

독서를 본격적으로 시작하며 시간 관리가 먼저라는 걸 알게 됐다. 자기 계발 하는 사람들 속에 들어가니 24시간을 48시간처럼 쓰는 사람들이 신기했다. 그들은 하루를 들여다보고, 분석하고, 쪼개며 살고 있었다. 나는 하고 싶은 건 많은데 늘 시간이 없다고 탓하며 살았다. 시간을 만들어 볼 생각 따윈 해 보지 않았다. 시간 관리법 책을 보고, 사람들을 따라 하며 쪼개 쓰는 방법을 알게 됐다. 방법은 의외로 간단했다. 잠들기 전 책과 필기구를 식탁에 두고 자는 것, 매일 할 일을 엑셀로 만들어 다이어리에 붙여 알록달록 색칠하며 습관을 잡는 것. 할 일 사이에 더 작은 일을 끼워 넣는 것. 시간 관리 덕분에 직장 다니고, 세 아이 키우면서 블로그와 책 쓰기도 하고, 독서 모임도 두 개나 운영할 수 있었다.

독서 첫 시작은 순탄치 않았다. 기한 막바지에 이르러 쫓기듯 끝내는 경우가 허다했다. 독서라기보다 숙제에 가깝고, 머리에 남는 것도 없었다. 그러더라도 목표는 하나! '포기하지 말자.'였다. 한 권, 또 한 권. 버거운 숙제였지만 매주 한 권씩 열심히 1년을 따라갔다.

무턱대고 한 권 읽을 때보다 시간과 양을 정하니 속도가 붙었다. 조금씩 빨라지고, 이해 안 되는 부분도 줄어 갔다. 그때는 쫓기듯 읽는 게 맞는지 고민이 많았다. 지나고 나니, 그 과정이 있었기에 책과 친해질 수 있었다는 생각이다. 지금은 다시 들여다보기도 하고, 내 생각을 기록하며 즐기는 독서를 하는 중이다. 한두 권 책 목록이 쌓여 가는 게 어찌나 좋은지. 차곡차곡 통장에 돈 불리듯, 완독한 책 목록을 보고 있으면 마음이 든든하다. 작가의 다른 책이나 다른 장르로 관심의 영역은 확대되었다. 불과 몇 달 전만 해도 도서관에서 헤매던 나였다. 어느 순간, 매월 대출 가능 권수를 다 채우는 나로 살고 있었다.

속한 모임에서 정해 준 책을 읽다 보니, 첫해는 자기 계발서 위주로 읽게 됐다. 자연스럽게 시간 관리, 메타인지, 습관과 실행을 배웠다. 돌이켜 보니 탄탄하게 기초를 다져 준 셈이다. 매주 한 권, 1년 읽기를 끝내니 다른 장르의 책이 궁금했다. 혼자 할 자신은 없었다. 글쓰기 실력도 높이고 싶어 서평 수업에 들어갔다. 주로 소설을 읽는 곳이었는데 1년 전으로 돌아간 것처럼 속도가 나지 않았다.

다수의 등장인물, 한 사람에게 붙는 많은 애칭. 비유와 은유, 암시와 얽히고 얽힌 관계. 매장마다 넘어야 할 산이었다. 전후 사정을 알지 못하는 상태에서 갑자기 시작되는 이야기도 읽기의 어려움이었다. 이해도 못 했는데 감상평을 쓰려니 죽을 맛이었다. 독서 때처럼 1년은 버텨야 한다고 다짐했다. 책상에 앉은 지 10분도 안 돼 엉덩이가 들썩였다. 뜬금없이 책상 정리가 하고 싶고, 깜박한 집안일이 떠올랐다. 가만히 앉아 있는 게 그렇게 어려운 일인 걸 새삼 느꼈다. 한 권, 두 권, 세 권. 참고 따라가니 조금씩 흐름이 이해되고, 지루한 부분도 줄어들었다. 그리고, 어김없이 빠져드는 구간이 찾아왔다. 소설의 매력에 조금씩 빠져들었다. 국내 소설부터 해외로, 고전으로 점점 범위를 넓혀 갔다.

자신감이 붙자, 두께가 벽돌 같다고 해서 붙여진 벽돌 책에 도전했다. 칼 세이건『코스모스』, 페르난두 페소아『불안의 서』, 레프 톨스토이『안나 카레니나』, 도스토옙스키『카라마조프가의 형제들』등. 매일 일정량 정해 읽는 분량 독서로 성공한 책들이다. 방식은 간단하다. 한 권을 주말을 뺀 평일 일수로 나눈다. 하루치 분량이 나오고 인덱스로 표시해 둔다. 매일 정해진 시간에 책을 펼치고 끝냈다. 퇴근 후 늦은 밤 책 읽다 보면 나도 모르게 꾸벅 졸 때가 많다. 자다 깨기를 반복하며 시험 앞둔 학생처럼 목표한 분량을 끝내야 자리에서 일어났다. 고된 날도 많았지만, 오늘 할 일 다 했다는 만족감도 컸다. 책 속 이야기를 구경하는 재미도 쏠쏠했다. 한 권 끝내면 해냈다는 자신감이 컸다. 그렇게 6년. 매일 읽는 습관과 근력이 잡혔다.

몇 년 전, 작가 세르반테스의『돈키호테』를 읽고 싶은데 운영하는 독서 모임이 없었다. 1,720페이지나 되는 두꺼운 벽돌 책으로 유명하다. 혼자서 할 수 있을까 고민되었다. 지금껏, 꾸준히 읽어 왔으니 할 수 있을 것도 같아서 덜컥 책을 사 버렸다. 전체 페이지를 한 달로 나눠 매일 읽을 분량 표시를 마쳤다. 매일 읽을 양을 정하니 다음은 어렵지 않았다. 처음 벽돌 책 혼자 읽기에 성공했다. 끝내고 나니 자신감이 붙고 장르와 두께에 대한 두려움이 사라졌다.

책은 책상에 앉아 읽는다. 자세가 편하면 잠이 오기 때문이다. 다섯 장도 넘기기 전에 잠든 적도 많다. 읽다 보면 밑줄 긋고, 필사하고, 중요한 내용은 인덱스 붙이고. 손은 쉴 틈 없이 바쁘게 움직인다. 그렇다고, 모든 책을 책상에 꼿꼿이 앉아 본다는 건 아니다. 잠들기 전 가볍게 읽는 산문은 침대에 기대서 본다. 소설은 소파에서, 산문은 엎드려 읽는 것도 좋다. 장소, 자세에 따라 집중되는 정도가 조금씩 다르다. 장르마다 잘 읽히고 집중되는 나만의 장소가 생겼다.

침대 옆 작은 탁자 위 얇은 산문집, 거실 협탁에는 소설, 책상에는 벽돌 책, 자기 계발서, 철학서. 집안 곳곳 손 닿는 곳이라면, 틈새 독서를 하기 위해 책을 둔다. 독서 시작 전에 꼭 챙기는 준비물은 노트, 연필, 포스트잇, 인덱스다. 자기 계발서는 15cm 자, 볼펜과 형광펜이 추가된다. 독서는 단순히 글자를 따라가는 행위가 아니다. 떠오르는 아이디어, 과거 경험, 미래 계획 등 나를 발견하는 과정이다.

인물 관계가 복잡한 소설은 구조도를 그리며 읽는 게 도움 된다. 러시아 소설은 인물 이름이 길고 한 사람이 가진 애칭도 많다. 기록해 두지 않으면 헤매기 쉽다. 자기 계발서는 생각을 비트는 경우가 많다. 책에 밑줄 긋고, 칠하고, 쓰면서 봐야 책 읽는 것 같다. 그렇다고 모든 책을 다 살 수는 없는 노릇! 도서관에서 대여한 책은 메모지를 최대한 활용한다. 다 읽은 후 메모지 내용을 블로그에 정리해 둔다. 틈새 시간을 확보하고 장소를 정하는 건 꾸준히 읽는 데 도움이 된다. 하나 더! 지루하고 힘겨워도 배우는 시간이라고 생각하면 견딜 수 있다. 계속 읽다 보니 선호하는 장르도 생기고, 습관도 자리 잡혔다. 점점 취향에 맞는 문구류, 독서 노트, 기록, 독서 모임 등 좋아하는 것들로 삶이 채워졌다.

독서 전, 나는 일이 생기면 뒤로 숨는 사람이었다. 학창 시절엔 엄마나 친구, 결혼해서는 남편, 직장 다닐 때는 동료에게 의지했다. 계획에 없던 일이 터지면 불안해하고 쩔쩔맸다. 주위에서 하라는 대로 하는 게 편했다. 그러나, 아이들이 커 갈수록 스스로 판단할 일이 많았다. 매번 엄마나 남편을 찾을 순 없는 노릇이었다. 불안을 다스릴 힘을 키우기 위해 독서하는 이유도 크다. 무언가를 시작하기 전 고민과 두려움을 크게 느끼는 편이었다. 결정에 정답은 없다는 것. 선택한 걸 믿고 잘해 가면 될 뿐이라는 걸. 책을 통해 배웠다. 독서의 시작은 어려웠으나 하루 한 장, 하루 10분 해 가니 한 권이 두 권으로, 세 권, 대하소설로까지 이어졌다.

나만 시작이 두려운 건 아니다. 해 보는 데까지 가 보자는 결의가 동력이었다. 목표를 높게 잡을수록 시작은 두렵다. 갈 길이 멀다는 생각에 포기하기 쉽다. 내가 할 수 있는 아주 작은 것부터 출발해야 성공에 이르기 쉽다. 목표를 낮추면 두려움의 크기도 준다. 지금 당장 할 수 있게 등을 밀어준다. 시작의 또 다른 이름은 '지금, 바로'다.

5.
꾸준한 독서 비법

성장은 매일의 작은 노력에서 온다.

– 헨리 포드

"8시엔 룽삼시!"

라디오 〈김영철의 파워FM〉에서는 영웅본색 음악과 함께 김영철의 외침으로 시작하는 '영철 본색'이라는 코너가 있다. 청취자가 보낸 짧은 단상을 배경 음악과 함께 DJ 목소리로 들을 수 있다. 고작 10분도 안 되는 시간이지만, 아침부터 아이들과 사투를 벌여 녹초가 된 몸으로 회사로 향하는 나에게 위안이 되었다. 짧은 사연이 내 얘기 같아 눈시울 뜨거워지는 날도 많았다.

회사를 그만두니 아침에 라디오 들을 일이 없어 자연스럽게 잊고 있었다.

최근, 다시 아침 출근하게 되어 자동차 시동을 켜니 라디오 소리가 들렸다. 세상에! 날 위로해 주던 익숙한 목소리가 들리는 게 아닌가. 힘겹던 시절이 주마등처럼 스쳤다. 자동차 시계를 1분마다 확인하며 어린이집 선생님을 기다리던 아침, 적색 신호가 녹색으로 바뀌길 애태우며 기다리던 출근길, 근심 걱정과 우울함이 가득했던 수많은 날. 순간 과거로 돌아간 것만 같았다. 김영철 DJ가 "8시엔 룽삼시!"라고 외치자, 눈시울이 뜨거워졌다.

이제는 주말부부도 아니고, 아이들도 자라 그때처럼 아침마다 발 동동 대지 않아도 된다. 드넓은 하늘과 바다를 보며 그때와는 비교도 안 될 만큼 편하게 살고 있다. 그런데도 울컥했다. 추억이 고스란히 보관되어 있다는 사실이 마음을 울렸다. 출근길에 큰아들을 학교 앞에 내려 준다. 혼자 듣던 8시엔 룽삼시와 아침 단상을 이제는 아들과 듣는다. 나중에 아이도 우연히 라디오 듣다 나와의 추억을 떠올릴지 문득 궁금하다.

"언니는 독서할 때 집중 잘돼요?"

친한 동생이 내게 물었다. 자신은 핸드폰을 무음으로 바꿔도 독서에 집중이 잘 안 된다는 것이다. 나라고 매번 집중이 잘되겠는가. 내용이 눈에 들어오지 않는 날은 15cm 자를 대고 한 줄씩 읽는다. 무슨 말인지 도통 이해 안 되는 부분은 전체 페이지를 연필로 그으며 읽기도 한

은정 씨의 수상한 독서모임

다. 한자리에 오래 앉아 있는 건 쉽지 않다. 놓친 집안일, 다음 주 일정, 저녁 메뉴 등 잡생각이 꼬리에 꼬리를 물고 난다. 집중하려고 애쓴다고 잡생각이 사라지는 건 아니다. 주로 사용하는 방법은 세 가지다. 첫째, 책마다 예상 완독 일을 정한다. 다이어리나, 엑셀, 달력에 표시해 두고 수시로 계획을 확인한다. 둘째, 노트를 곁에 두고 읽는다. 독서 중에 갑자기 살 물건이나 해야 하는 집안일, 저녁 메뉴 등이 떠오를 때가 있다. 잡생각이 나면 책에 집중하기 어렵다. 노트를 펼쳐 기록해 두면 안심이 되어 다시 책에 집중할 수 있다. 마지막으로, 타이머를 이용한다. 독서 시간을 정해 타이머를 맞춘다. 핸드폰 타이머 앱을 사용하면, 무의식에 핸드폰을 들지 않게 되는 장점이 있다.

꾸준히 오래 읽는 방법은 나와 결이 맞는 모임에 들어가 꾸준히 따라가는 것이었다. 독서는 혼자 하다 보면 금세 지치거나 나태해지기 쉽다. 현재를 초보 단계라 수련하는 과정이라고 인정하는 것도 도움 됐다. 새로운 습관을 들이려면 무던한 노력이 필요하다.

실행 전, 계획부터 꼼꼼히 짜는 편이다. 직장 생활 내내 일정과 사투를 벌여야 했다. 담당 부서가 지키기로 한 날짜, 고객에게 실행하기로 한 날짜, 보고서 올려야 하는 날짜 등 하루에도 달력을 수십 번 보며 일정을 확인했다. 철저히 계획해도 시시각각 변하고, 틀어지기 일쑤다. 뜻대로 흘러가지 않는 것에 스트레스받았다. 처음 책을 읽을 때만 해도 나는 독서를 일처럼 했다. 계획에 어긋나면 스트레스를 받으니, 책과 친해지지 않았다. 지난 6년, 수많은 시행착오 끝에 삶은 계획대로 되지 않는다는 걸 알게 됐다. 계획보다 즐기는 마음이 먼저라는 걸 소설 속 다양한 인물의 삶과 모임을 통해 배웠다.

생각의 전환을 준 소설 몇 작품이 있다. 허먼 멜빌의『모비딕』은 흰 고래를 잡기 위한 포경선 선장의 집착과 광기, 자연에 대항하는 인간사를 그린 소설이다. 선원들 간의 갈등, 협력, 충돌을 보며 관계의 다양성을 이해할 수 있었다. 엘레나 페란테의 '나폴리 4부작'은 이탈리아 소설로 나폴리의 두 친구인 엘레나와 릴라의 우정과 삶의 여정을 다뤘다. 이탈리아 사회와 여성의 성장을 생동감 있게 표현된 작품으로, 자기 자신을 찾아가는 주인공의 여정을 보며 나에 대해 들여다볼 수 있었다. 마지막으로, 한 남자의 일생을 다룬 존 윌리엄스의『스토너』이다. 묵묵히 하루를 살아가는 주인공을 보며 내 앞의 일상이 얼마나 위대한지 깨닫게 해 줬다. 예측 불가한 상황을 극복해 가는 인물들의 모습을 통해 현재 내 상황을 객관적으로 볼 수 있었다. 주인공이 끊임없이 고민하고, 깨닫는 과정을 통해 세상을 조급하고 불안한 눈으로 바라보던 시선에 변화가 생겼다.

읽은 책은 블로그에 정리해 두는 편이다. 처음엔 4시간 넘게 걸렸다. 책 사진, 작가 소개, 인상 깊은 구절, 줄거리, 소감까지 쓰고 지우고 반복하다 보면 하루가 다 갔다. 그날 끝내지 못해 다음 날까지 이어질 때도 많았다. 읽는 속도도 느린데 블로그에 정리까지 하려니 독서가 부담되었다.

단축할 방법을 찾아야 했다. 1시간 안에 끝내자 마음먹고, 타이머를 맞췄다. 시작 전, 목차를 보고 노트에 글 구조를 잡고 시작한다. 이제 막 시작한 것 같은데 1시간을 알리는 타이머 소리에 깜짝 놀랐다. 30분씩 추가하며 완성했다. 지금은, 평균 2시간 소요된다. 큰 발전이다. 줄인 시간은 독서나, 필사에 쓴다.

블로그에 책 내용을 기록하는 이유는 기억하기 위해서다. 3년간 독서 노트를 썼다. 노트의 장점은, 일기처럼 마음속 진솔한 얘기들이 나온다는 것이다. 생각 꺼내기에 좋다. 그러나, 잘 들여다보지 않게 된다. 필요한 부분 찾기도 어렵다. 한글 파일과 메모장에 인상 깊은 문장과 생각을 기록하기도 했다. 역시, 그것도 열어 보지 않았다. 문장을 초록해 두는 핸드폰 앱도 상황은 마찬가지. 결국, 나에게 맞는 건 블로그였다. 책 사진 넣기도 편하고, 필요한 단어 검색도 쉽다. 지하철 안이나 병원 대기 중 블로그를 열어 내가 쓴 글을 읽곤 한다.

나는 독서 단계를 '혼자 하는 독서 – 쓰고 묻는 독서 – 나누는 독서' 3단계로 정의한다. 1단계는 혼자 하는 독서로 자신의 속도에 맞출 수 있어 편하다. 2단계는 쓰고 묻는 독서로 필사와 단상을 기록하며 읽는 방법이다. 스스로 질문하고, 깊은 사유를 끌어낼 수 있다. 마지막 3

단계는 나누는 독서다. 나누면 배가 된다는 옛말처럼 한 권을 여러 권 읽는 효과를 얻을 수 있다.

책을 왜 읽느냐고 묻는다면, 변화하고 싶어서이다. 덮는 순간 기억에 남는 내용이 많지 않아도, 실력 느는 게 눈에 보이지 않더라도 믿고 간다. 읽는 게 힘들어도 견디고 넘기니 재밌어지는 순간이 온 것처럼, 나의 시간이 담긴 책 내용은 차곡차곡 내 안에 쌓여 있다고 생각한다. 책 속에는 다양한 사람들 이야기로 가득하다. 배우고, 알아가는 재미, 내가 살아 보지 못한 세상 구경하는 재미가 있다. 책에 매료되어 현실의 어려움 따위 잊게 되는 마법 같은 순간은 꼭 찾아온다.

은정 씨의 수상한 독서모임

6.
독서 없는 사담은
사절입니다

자신을 믿고 나아가는 것이 중요하다.

— 〈괜찮아, 사랑이야〉

생각 디자이너 재인은 강사다. 관점 및 셀프 코칭과 행사 기획까지 다양한 영역에서 활동 중이다. 그녀는 한여름 산타 같은 사람이다. 늘 톡톡 튀는 아이디어를 제시하고, 미니 특강으로 사람들에게 생각의 지평을 넓혀 주고 있다. 그녀의 주특기는 나누고 돕는 것이다. 주는 걸 좋아하는 진정한 '기버형'이다.

무라카미 하루키의 『도시와 그 불확실한 벽』을 읽는데, '숲의 수목처럼 성실하고 신뢰하는'이라는 문장에서 선희가 떠올랐다. 진지한 태도로 삶을 대하는 모습이 숲의 수목을 떠올리게 한다. 명상, 요가, 심리 등 하나를 하면 꾸준히 깊게 파는 모습이 존경스럽다. 길가에 핀

들꽃을 한참을 살필 정도로 순수한 것도 매력이다. 50대인 그녀를 보며 우아하게 나이 드는 것이란 저런 것이지 않을까 생각하게 한다. 애정은 모임 분위기를 부드럽고, 화사하게 만드는 데 뛰어나다. 어린 시절부터 책과 함께한 그녀는 상황과 사람에게 맞는 책을 잘 고른다. 마치 검색 엔진처럼 상황에 따라 척척 책 이름이 나온다. 그녀는 상대의 강점도 잘 찾는다. 모임 사람들 대부분 서로의 자존감을 높여 주지만, 애정은 특히 우수하다. 수연은 다른 멤버에 비해 함께한 기간이 1년으로 짧지만, 처음 만났을 때가 잊히지 않는다. 환한 미소로 책 읽고 싶은데, 일상에 치여 못 한다며 자신을 소개했다. 처음 보는 사람들 사이에서 낯설고 어색할 법한데 수연은 금세 스며들었다. 오랜 기간 함께한 것처럼 편하게 다가오는 게 강점이다. 30대 보람은 모임의 막내로, 맑고 초롱초롱한 눈빛을 지니고 있다. 그녀는 상대의 말을 경청하며 고개를 끄덕이는 모습이 매력적이다. 환한 미소는 또 얼마나 예쁜지. 그녀의 글엔 따뜻함이 묻어난다. 최근 예쁜 딸을 출산해 함께하지 못하고 쉬는 중이다. 아장아장 걷는 아이 손 잡고 독서 모임에 참석하는 날을 우리 모두 기다리는 중이다.

독서 수다 삼매경

　시간이 갈수록 서로 의지하며 함께 성장해 가면 좋겠다는 욕심이 생긴다. 모임을 시작하며 걱정했던 건 친목 모임으로 변질되는 것이었다. 여럿이 모이면 늘 나오는 주제가 있다. 남편, 아이, 일, 친정, 시댁. 자랑 아니면 불만의 말은 사람을 쉽게 지치게 한다. 회사 동호회, 아이들 엄마 모임에서 나누는 대화의 대부분은 주변 사건, 사람에 대한 말이었다. 독서 모임에서까지 그러고 싶지 않은 맘이 컸다. 자기 자신에 관한 이야기, 지식과 정보를 나누는 쉼터가 되길 바랐다.

　6년을 함께한 모임은 온라인과 오프라인의 온도 차가 극명하다. 평소 대화방 분위기는 정적이 흐를 정도로 고요하다. 아침 인사나 개인적인 이야기도 오가지 않는다. 그러나, 한 달에 한 번 있는 오프라인에서는 3시간이 부족할 정도로 활기가 넘친다. 책 소개, 글쓰기, 미니 강연, 체험 활동까지 웃고 떠들고 시끌벅적하다. 알지 못한 것, 평소 생각해 보지 못한 것들을 쏟아 내고 나누느라 바쁘다. 이렇게 많은 이야기를 어떻게 한 달이나 참았는지 신기할 따름이다. 서로에 대한 그리운 마음이 한 달간 숙성되어 한꺼번에 폭발되어 나오는 게 아닌가 싶다. 온라인보다 오프라인. 이 모임만의 묘한 옛 아날로그 감성을 느낀다.

모임의 본질을 유지하기 위해 세 가지에 신경 쓴다.

첫째, 제한된 시간을 지킬 수 있게 했다. 여럿이 모여 이야기 나누다 보면 샛길로 빠지는 경우가 많다. 한 사람이 시간을 초과하면 모임이 무한히 길어질 수 있다. 중심을 잡기 위해 제한된 시간 안에 마무리될 수 있도록 시간에 주의해야 한다. 둘째, 리더는 단순히 경청하는 것에 그치지 않는다. 대화의 기본은 상대의 말을 잘 들어 주는 것이지만, 시간 분배와 내용 정리에도 신경 써야 한다. 한 사람이 긴 시간 말하면 전체적으로 집중력이 흐트러진다. 발언자의 요점을 잘 파악해 중간 정리를 해 주는 것도 방법이다. 셋째, 적극적으로 참여할 수 있는 환경을 조성한다. 성향에 따라 자신의 이야기를 쉽게 꺼내는 사람이 있고 그렇지 못한 이도 있다. 말할 타이밍을 놓친 사람은 없는지 전체를 예의 주시해야 한다. 골고루 발언 기회가 돌아가야 소속감을 느낄 수 있다.

6년 전, 전문 강사 재인이 나눔 강의를 해 주었다. '왜냐하면 소통법'이라는 주제였다. 방법은 각자 핸드폰을 꺼내 셀카를 찍고 부모님이나 가족이나 친구 등 보내고 싶은 사람에게 전송하는 것이다. 이때, 고맙고, 감사하다는 짧은 한마디만 덧붙여 보낸다. 이모티콘 표시나 자세한 설명은 하지 않는다. 답장이 오면 고맙고, 감사한 이유를 자세히 적어 보낸다. 일상에서 쓰는 고맙고, 미안하고, 감사한 표현을 정확한 이유 없이 남발하며 사용하고 있다는 걸 알려 주는 테스트였다. 우리는 속뜻은 숨긴 체 상대가 알아봐 주길 원한다. 짧은 실험이었지만, 속내를 드러낸 시간이었다. 처음엔 평소 쓰지 않던 표현을 하려니 손발이 오그라들고 부끄러웠다. 잡지에서 봤다면 100% 안 하고 지나쳤을 텐데 함께하니 용기가 났다. 이날의 도전은 큰 성과를 남겼다. 평소 자신의 마음을 드러내서 표현하지 않던 선희는 남편에게 고마운 이유를 담은 장문의 문자를 보냈다. 집에 돌아가 테스트였다고 밝히자, 어떤 모임이었냐며 자주 나가라고 했다고. 이 경험을 통해 우리는 해 보지 않은 걸 못 하는 것으로 단정 짓고 살아가고 있다는 걸 알게 됐다.

선희는 '에니어그램'을 십 년 넘게 공부했다. 사람을 9가지 성격으로 분류하는 성격 유형 이론 프로그램으로 심리상담가로서도 활동 중이다. 한 번은 그녀의 지도로 성격유형검사를 진행했다. 장형, 가슴 형, 머리형, 사회적 본능 등 나온 결과에 대해 해석도 들었다. 나를 자세히 들여다볼 수 있었다. 테스트만으로 끝내자니 아쉬움이 남았다. 심리를 접목해 자신과 타인을 알아갈 방법을 고민해 프로그램으로 운영했다. 진행한 사례를 하나 들자면, 물에 빠진 한 소녀를 보고 어떻게 행동할 것인지 선희가 물었다. 누구는 본인이 119에 신고하겠다고 하고, 다른 이는 주위 사람에게 신고하라고 시키고 자신은 물에 뜰 물건을 찾아 구하러 들어가겠다고 했다. 일단 대처 방안을 생각부터 해 보겠다는 사람도 있었다. 각자의 얘기에 그녀는 에니어그램을 기반으로 성격을 분석했다. 같은 상황에서도 이렇게나 다를 수 있다는 게 신기했다. 매달 심리테스트는 서로를 이해하는 데 도움을 준 프로그램이다.

활동에 제한을 두지 않는다. 지금까지의 다양한 체험을 엮어 공저로 책을 출간하고 싶기도 하고, 재능을 나누는 꿈 공작소를 운영하는 것도 좋은 아이디어라고 생각한다.

아직도 식사는 사절이다. 딱 잘라 식사를 안 하는 건 아니지만 되도록 모임 취지에 집중하려 한다. 여기서만큼은 누구의 아내, 엄마, 며느리를 떠나 오롯이 '나'가 되길 바란다. 친목도 좋지만, 본질을 지키고 싶다. 독서 모임은 한 달에 한 번 내게 주는 선물이자 나를 발견해 가는 시간이다. 가까운 사이에도 일정한 거리가 필요하다. 서로 존중할 수 있는 너와 나의 거리. 형태는 다를지언정 우리만의 방식으로 친목을 다져 간다. 서로에 대해 거리를 두고 천천히 알아 간다.

7.
5년 만의 야외 활동이
나를 변화시켰다

변화는 성장의 필연적 과정이다.

- 『일곱 해의 마지막』, 김연수

5년 만에 독서 모임 첫 나들이가 잡혔다. 장소는 놀거리 많은 연남동이었다. 일하며 틈틈이 '연남동 체험', '연남동 맛집'을 검색했다. 은은한 하늘색 그라데이션이 눈에 띄는 양초 만들기, 황금빛 장식품이 고급스러운 각종 체험이 눈길을 끌었다. 부드럽고 따뜻한 느낌이 드는 오일 파스텔, 가죽 공예도 나쁘지 않아 보였다. 체험 장소를 알아보고 식사할 곳도 물색했다. 색다른 체험, 특별한 장소를 찾다 보니 일정표를 3일 만에 완성했다. 독립서점에 들러 차도 마시고 책 구경까지 한 후 해산하는 첫 번째 계획과 식사와 체험 종류를 바꾼 두 번째 계획을 준비했다. 대화방에 올리니 다들 뭐든 좋다고 한다. 몇 번 더 확인하고야 마음이 놓이는 계획형이라 첫 야외 나들이에 신경이 많이 쓰였다.

오월의 연남동은 싱그럽고 향긋한 꽃들로 가득했다. 30분 일찍 도착해 상점가를 돌았다. 고요한 경의선 숲길 담벼락 가득 분홍, 주황, 빨강 장미꽃 한가득 피어 동화 속 세상이 따로 없었다. 오랜만에 혼자 하는 외출은 여행이라도 떠난 듯 들뜨게 했다. 때마침, 재인으로부터 도착했다는 연락이 왔다. 북적거리는 인파 속에서도 바로 찾을 수 있었다. 둘 다 한껏 들뜬 목소리였다. 이어 애정도 도착했다. 찬 기운이 감도는 5월, 햇살 좋은 의자에 나란히 앉아 선희를 기다렸다.

딩동.

도착을 알리는 메시지라고 생각했는데, 늦을 것 같다고 먼저 시작하라는 문자였다. 선희는 길눈이 어둡다. 외부 행사를 계획하며 걱정한 부분이다. 걱정이 현실이 되니 마음 한편이 묵직했다. 이미 도착한 사람도 챙겨야 하기에 걱정만 하고 있을 순 없는 노릇이었다. 설레는 마음에 아침도 거르고 나와선지 배에서 요동을 쳤다. 빈속으로 무한정 기다릴 수 없어 근처 분식집으로 향했다. 김이 모락모락 피어오르는 뜨끈한 어묵 국물 한 모금 마시니 몸이 사르르 녹는 듯했다. 쑥색 멜라민 접시에 빨간 떡볶이와 튀김이 나왔다. 바삭한 튀김을 떡볶이 양념에 찍어 한 입 베어 무니 살 것 같았다. 유명 맛집을 알아보는

데 3일이나 걸렸는데, 앞에 놓인 떡볶이만 한 게 없었다. 우리는 간단히 배를 채우고 버스정류장으로 향해 그녀를 기다렸다. 멀리 선희가 보였다. 상기된 얼굴로 우리를 향해 달려오는 그녀가.

드디어 다 모인 우리는 연남동 골목을 누비며 마음에 드는 가게로 들어가 파스타를 먹었다. 옷 쇼핑도 하고, 복고풍 감성이 물씬 풍기는 카페에서 다양한 조각 케이크에 커피도 마셨다. 평소보다 들떠 있었고, 수다스러웠다. 5년 만의 첫 나들이는 계획대로 되지 않았다. 걷다가 맛있어 보이는 가게에 무작정 들어갔고, 방문 평이나 메뉴를 알아보지도 않았다. 그런데도 맛과 분위기가 훌륭했다. 끌리는 가게에 들어가 옷도 입어 보고 샀다. 3일에 걸쳐 만든 플랜 A, 플랜 B는 무용지물이었다. 내가 짠 일정표에는 무작정 걷다가 아무 가게나 들어가 쇼핑하기 같은 건 없었다. 여유 없이 촘촘히 짜인, 마음껏 즐길 수 있는 내용이 하나도 없다는 걸 그제야 알았다.

미리 짜 둔 내용이 틀어지면 초조함과 불안을 느끼는 계획형 인생을 살았다. 틀어질까 예민하고, 날카로웠다. 그날의 나들이는 마음속 빗장을 풀어헤친 경험이었다. 계획표대로 되고 있는지, 다음 일정은 무엇인지 신경 쓰지 않아도 되니 가벼운 마음으로 즐길 수 있었다. 가슴 속 묵직한 돌덩이를 내려놓은 것 같았다. 3일을 공들여 뭘 한 건지 싶었다. 인생은 계획대로 되지 않는다. 알면서도 마음처럼 잘 안된다. 나들이를 통해 확실히 깨달았다. 굳이 안 해도 되는 것에 에너지를 쏟고 살았다는 걸.

선희는 야외 나들이에 들떠 다른 날보다 더 서둘러 나왔다고 한다. 버스 시간이 애매하더란다. 지하철로 가야겠다는 생각에 역으로 가니 열차가 조금 전 떠났고, 버스로 돌아오니 그사이 버스도 가 버렸다. 주말이라 도로는 정체되고, 약속 시간에 늦었다는 생각에 초조하고. 도착까지의 여정을 듣는 것만으로도 진이 빠졌다. 작은 소품 하나에 여고생들처럼 까르르 웃고 환호하는 우리, 진심으로 서로를 걱정하고 위로하는 따뜻한 마음까지. 첫 나들이는 우리에게 많은 걸 남겼다. 무엇보다 하나부터 열까지 계획할 필요 없다는 걸 알게 된 게 가장 큰 성과였다.

파리 루브르 박물관의 유명한 조각상과 미술품을 보여 주는 여행 프로그램을 본 적이 있다. 각 작품의 작가, 시대적 배경, 얽힌 사연에 빠져들었다. 방송이 끝날 무렵, 미술관에서 가장 인기 있는 작품을 소개하겠다며 시청자들의 긴장감을 고조시켰다. 빨래를 개다 말고 TV에 집중했다. TV 화면이 정면의 작품을 비추었다. 작품 앞 수많은 인파가 모여 있었다. 그들은 머리 위로 휴대전화를 들고 사진을 찍느라 바빴다. 그곳에는 작은 액자 속 레오나르도 다 빈치의 〈모나리자〉가 걸려 있었다. 사진 찍느라 바로 앞에 있는 작품도 액정 화면으로 보고 사람들이라니. 그들의 모습이 계획표 종이에 시선을 뺏겨 바로 앞 풍경도 담지 못하는 내 모습 같았다. 빈틈없이 준비하는 게 운영을 잘하는 건 줄 알았다. 잘하려는 강박은 긴장과 불안을 동반한다. 계획대로 되지 않을까, 실수할까 노심초사하게 된다. 야외로 나가니 실내에선 보이지 않던 나를 객관적으로 볼 수 있었다.

야외 나들이 이후 모임 운영도 대략 구상만 할 뿐 계획 단계에서 과한 에너지를 쏟지 않는다. 관계, 모임, 그리고 내 삶에도 여백을 두려 한다. 현장에서 즉흥적으로 떠오른 것들로 채우면서.

6월 모임 일정을 잡는데 장마 기간과 겹칠 것 같았다. 막걸리에 전을 곁들인 책 수다로 변경했다. 6년간 운영하며 모임원들과 술을 마셔 본 건 처음이다. '감성 막걸리, 책 수다 살롱'을 열어 술과 어울리는 책을 가져와 대화를 나누고, 술 하면 떠오르는 감정, 기분에 대한 글쓰기를 했다. 막걸리와 시장표 전과 떡볶이를 먹었다. 장소와 음식이 달라지니 평소와 사뭇 다른 분위기를 풍겼다. 술도 한잔 마시니 속 깊은 이야기도 나왔다. 세상을 차가운 시선으로 바라보던 내가 사람들 덕분에 점점 따뜻해지고 있다. 다양한 경험과 사람들 속에서 한층 깊이 있는 사람으로 성장해 가고 있다.

5년 만에 떠난 야외 나들이는 삶은 계획대로 흘러가지 않는다는 사실을 일깨워 줬다. 계획은 변수를 예측하게 해 마음의 안정을 주지만, 변화에 소극적인 자세를 취하게 하는 양날의 검과도 같다. 변화를 두려워하면 기회는 곁에 오지 않는다. 세상을 새로운 시각으로 바라보는 것은 노력에서 시작된다. 변화를 받아들일 때 가능성의 문이 열린다. 변화는 우리에게 불편함이라는 이름으로 다가오지만, 그 속에는 성장과 발전이라는 기회가 숨어 있다.

무계획이 주는 자유

8.
규칙은 필수,
수상한 감성 살롱

꿈은 나의 인생을 디자인한다.

– 잭 웰치

독서 모임 '감성 살롱'이 6년 차에 접어들었다. 책 한 권 안 읽던 나였기에 믿기지 않는 꿈 같은 숫자다. 우리는 많은 부분에서 달랐다. 강의로 뼈대가 굵은 사람, 길가에 핀 꽃 한 송이를 마냥 쳐다볼 정도로 감성이 풍부한 사람, 애정과 사랑이 넘치는 사람, 무엇이든 흡수할 준비가 된 사람, 상대의 말을 진심으로 경청하는 사람. 시간이 지날수록 비슷한 점이 많다는 것을 알게 되었다. 오랜 시간 함께하며 서로의 결이 비슷해진 것인지도 모르겠다.

포기하고 싶고, 자신 없었던 처음과 달리 이제는 사람들과의 만남이 기다려진다. 만나러 가는 길이 설레고, 만나면 위로와 조언으로 마음이 가볍다. 무엇보다, 서툰 운영에 빠지지 않고 참석해 주는 사람들이 고맙다.

직장 생활을 오래 한 탓에 규칙이나 규율이란 단어는 듣기만 해도 가슴이 답답하다. 처음 모임을 운영하며 성인들 모임에 규칙이 굳이 필요하나 싶었다. 몇 번 하고 나니 큰 착각이란 걸 알게 됐다.

한정된 시간에 여럿이 함께하니 규칙은 필수다. 자칫 분위기를 경직되게 만들 수도 있어 고민이 컸다. 네 번째 모임에서 '같은 문장으로 글쓰기'를 할 때다. 봄과 어울리는 문장 하나를 골라 원고지에 글쓰기를 했다. 가득 쌓인 지우개 가루가 우리의 고뇌를 말해 주는 것만 같았다.

"자, 돌아가며 쓴 글을 낭독하겠습니다."

자신의 글을 발표하는 순간이면 항상 같은 반응이 돌아온다. '낭독할 정도의 글이 아니다, 자신 없다, 다른 사람들은 잘 썼는데 보여 주기 민망하다, 읽으려니 창피하다.' 마치 누가 더 못났는지 대회라도 하는 듯, 자신 없어 하는 말이 쏟아진다. 모임을 네 번 정도 하니 생각을 말할 때 매번 비슷한 반응을 보인다는 걸 알게 됐다. 이 점을 규칙으로 정해야겠다 싶어 세 개의 규칙을 만들었다.

첫째, 자기 비하 금지다. 겸손이라는 단어 뒤에 숨어 자신을 낮추는 말을 금지했다. 부정적인 언어로 자신을 표현할수록 자존감과 자신감은 떨어진다. 부정적 언어는 전파력이 강해 서로에게 전이돼 모임 분위기에도 안 좋은 영향을 준다. 자신을 존중하자는 의미에서 규칙으로 선포했다.

둘째, 잦은 미안하다는 표현 금지다. 조금 과장해 모든 대화에 미안하다는 말을 쓰는 모임원이 있었다. 대화 습관인 것 같았다. 재밌는 건 '미안'이라는 단어가 나오면 릴레이하듯 너도나도 그 표현을 썼다. 타인의 의견을 존중하는 것과 습관처럼 미안을 표현하는 건 다르다. 자신을 사랑하자는 의미에서 미안이라는 단어를 금지했다.

셋째, 무조건 자신 있게 행동하기다. 내향형인 사람은 생각과 의견을 남들 앞에서 얘기하는 게 쉽지 않다. 모임원 다수가 표현에 서툴렀다. 여기에서만큼은 달라져 보자는 취지로 규칙으로 만들었다.

습관을 고치는 건 쉽지 않다. 우리는 규칙을 어길 때마다 큰 소리로 알려 줬다. 말한 당사자는 깜짝 놀라며 말에 신경을 쓰는 눈치였다. 1년쯤 지났을까? 서로 눈치채지 못하는 사이 우리는 자기를 낮추고, 미안해하고, 소극적인 태도에서 벗어나 있었다. 모임에 오면 뇌가 기억이라도 하는 것 같았다. 자연스럽게 바뀌어 서로가 규칙을 어겼다는 말을 안 하고 있다는 걸 눈치채지 못하고 있었다.

매월 첫째 주 토요일 우리는 늘 같은 카페에 모인다. 주어진 시간은 3시간. 한 사람씩 얘기하다 보면 길지 않은 시간이다. 전체에게 골고루 발언 기회를 주기 위해, 공평한 시간 배분을 위해 고민한다. 경험을 통해 터득한 방법은 두 가지다. 첫째, 발언자의 의견에 동의 한 후 틈새 노리기 작전. 상대의 말에 공감을 표현하고 다른 이의 의견을 묻거나, 다른 주제를 말함으로써 토론 방향을 살짝 튼다. 둘째, 발언자의 내용 중간 정리하기. 길어진 얘기를 끝까지 경청해 준 사람들에게 감사를 표현하는 것도 잊지 말아야 한다. 주제를 벗어나 삼천포로 빠지는 경우 주제를 다시 짚어 주거나, 발언자의 내용을 한번 정리해 대화의 중심으로 끌고 와야 한다. 모임은 놀이터의 시소와 비슷하다. 양쪽 사람들이 공평하게 오르락내리락해야 재미를 느낀다. 한쪽이 세게 뜀뛰기를 해 버리면 반대쪽은 땅에 부딪히거나 넘어질 수 있다. 균형 맞춰 한 번씩 번갈아 타야 오래 시소를 탈 수 있다. 리더는 가운데 지렛대다. 중심 잃은 발언을 안으로 끌어오고, 관찰하며 골고루 기회가 주어지도록 한다.

누구는 이른 아침부터 모임 참석을 위해 설레며 단장을 하고, 누구는 40분 넘게 차로 달려온다. 또 누구는 멤버에게 줄 물건을 한가득 챙겨 온다. 모인 사람 모두가 편하고 재미를 느껴야 한다.

블로그 이웃이 댓글로 추천한 책을 두 번 읽어 봤다. 여러 가지 직업을 가진 N잡러를 꿈꿨었다. 여러 가지 일에 도전했지만, 뜻대로 되지 않아 답답했다. 내 심정을 블로그에 남겼는데 모르는 이웃으로부터 장문의 비밀 댓글을 받았다. 나와 같은 경험이 있다며 도움이 된 책 한 권을 소개했다. 바로 도서관에서 빌려 와 읽었다. 책을 통해 내가 바라는 삶이 N잡러가 아니라는 걸 비로소 알게 됐다. 직장 선택을 두고 고민이 많았는데, 결정하는 데 도움이 됐다. 또 한번은 스물아홉에서 서른으로 넘어갈 때 불안한 마음을 달래 준 책 세 권을 소개하는 글을 썼다. 이웃이 내가 올린 책 중 한 권을 말하며 작가의 다음 책을 꼭 읽어 보라고 했다. 이번에도 바로 찾아보니 아프간 여성들의 삶에 관한 소설이었다. 읽는 속도가 느린 편인데 이야기에 빠져 이틀 만에 600쪽을 읽었다. 오랜만에 해 보는 몰입 독서였다. 아프간 여성의 삶에 대해 만나게 해 준 이웃에게 고마웠다. 댓글을 남긴 이웃들, 독서 모임원들도 우리는 서로 모르던 사이였다. 자신의 시간을 내어 장문의 글을 남긴 블로그 이웃, 매월 빠지지 않고 참석하는 멤버들. 읽고 쓰고 모임을 운영하는 삶을 살아 보니 결이 맞는 사람들이 찾아온다는 걸 알게 했다.

서로를 위하는 마음은 초면을 인연으로 만들어 준다. 결에 맞는 규칙은 그들과 오래 갈 수 있는 안내선 역할을 했다. 서로 다른 사람들이 함께하는 자리에서 적정선을 유지하게 한다. 돈독한 관계를 위해서 분위기와 결에 맞는 기준을 세우고 지키려는 노력이 서로를 이해하고 신뢰할 수 있게 해 준다. 규칙은 제약이 아니라, 오래 함께하고 싶은 너와 나의 마음이다.

독서 모임으로 성장하는 사람들

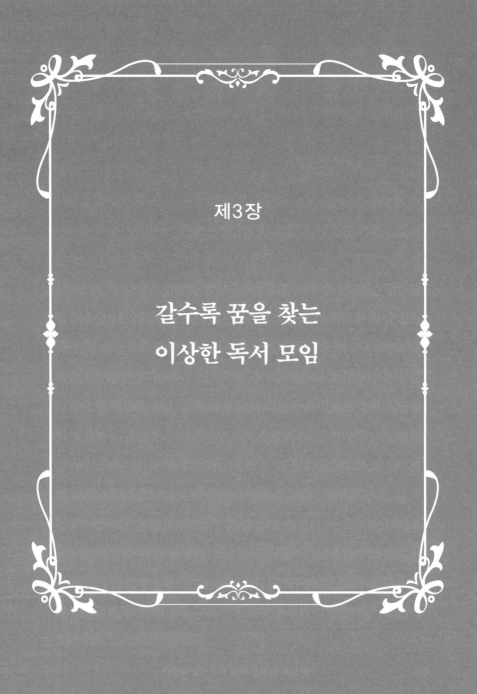

제3장

갈수록 꿈을 찾는
이상한 독서 모임

1.
수상한 모임,
이상한 글쓰기

지금 이 순간이 인생의 전부이다.

– 〈응답하라 1988〉

이사 후 배울 곳을 찾았다. 버스로 편도 40분 거리에 평생학습관이 있었다. 준비와 버스 기다리는 시간까지 생각하니 왕복 2시간은 걸릴 것 같았다. 그래도 상관없었다. 배울 곳이 있는 것만으로도 좋았다. 아이들 먹이게 홈베이킹이라도 배워 볼까 생각을 하니 시작이라도 한 듯 마음이 들떴다. 보고만 있어도 기분 좋아지는 꽃꽂이 수업, 아르바이트라도 하려면 바리스타, 동심의 세계를 만날 수 있는 그림책 지도까지 한 가지 선택하는 게 힘들 정도로 배우고 싶은 것들 천지였다. 선택이 어려워 다시 둘러보니 처음에는 못 본 '나를 알아가는 미술 테라피'가 눈에 띄었다. 미술 활동을 통해 심리 치유와 개인의 성장을 촉

진한다는 설명을 읽으니 신청 욕구가 솟구쳤다. 과정을 통해 나라는 사람을 자세히 알 수 있을 것 같았다.

2019년 여름, 일주일에 한 번 3시간 강의 여행을 떠났다. 강의 내내 웃기만 했다면 과장이 심하려나. 왕복 2시간, 수업 3시간까지 강의 하나 듣는 데 5시간이 드는데도 여행 가듯 신났다. 살면서 한 번도 해 보지 않은 것들을 많이 했다. 한 번은 강사가 카드를 펼치며 세 장을 고르라는 게 아닌가. 첫 번째로 고른 여럿이 손을 모아 응원하는 사진을 보더니 내가 지금 여러 커뮤니티와 연결되어 있고 그 안에서 성장하며 바쁘게 살고 있는 것 같다고 했다. 독서와 글쓰기 모임을 시작해 활발히 하고 있을 때였다. 카드에 고스란히 나타나는 게 신기했다. 빨리 두 번째 카드 해석도 듣고 싶었다. 빨강, 파랑, 노랑, 주황. 불꽃 사진이었다. 불꽃이 무엇을 뜻하는지 도통 감이 안 왔다. 강사는 지금 생활이 꿈처럼 환상적이고 즐거운 의미라고 했다. 세상에! 정확했다. 이사 후 영종도 생활은 꿈만 같았다. 식탁에 앉아 밥 먹다 고개를 들면 푸른 바다와 인천대교가 보였다. 설거지하다 잠깐 고개 들어 창문을 봐도, 안방 침대에 걸터앉아 밖을 봐도 높은 건물 대신 드넓게 펼쳐진 하늘과 바다가 눈에 들어왔다. 매주 토요일 저녁이면 인천항에서 월미도까지 오가는 여객선에서 불꽃놀이를 했다. 우리 가족은 거실 소파에 앉아 하늘 위로 수놓아지는 불꽃을 구경했다. 마치 국내가 아닌 해외 어느 섬에 살고 있는 것 같았다. 이런 상황이 카드에 고스란히 드러나다니. 점쟁이가 따로 없었다. 점점 강사의 말에 빠져들었다.

그 외에도 스트레스 검사, 가족사진 그리기, 짧은 자서전 쓰기, 합동 그림 그리기 등 다양한 활동을 진행했다. 그중 잊을 수 없는 테스트가 두 개 있다. 강사는 팀을 나눠 그림을 그리게 한 뒤 상대 팀 그림을 보고 해석해 보라고 시켰다. 조원들과 의견을 모아 발표했는데, 상대는 우리 말이 전부 틀렸다고 했다. 이 활동은 내 눈에 비친 모습으로 다른 사람을 단정 짓는 게 오해를 불러일으킬 수 있다는 걸 알게 하는 활동이었다. 상대의 의도가 무엇인지 물어야 하고, 아이의 말도 내 마음대로 해석하고 판단하면 안 된다는 걸 배웠다. 이어진 활동은 상대 팀 그림에서 보완하고 수정해 주고 싶은 곳이 있으면 나와서 고쳐 주라고 했다. 나는 화분을, 다른 이는 식탁에 화병을, 창문을 그려 준 이도 있었다. 이는 상대를 위해 한 행동이 받는 사람에게는 그렇게 다가가지 않는 걸 알려 주는 실험이다. 우리는 상대가 요구하지 않아도 선행이라며 베풀곤 한다. 상대의 마음이 먼저라는 생각이 들었다. 두 가지 활동을 통해 세상은 나 혼자 사는 곳이 아니라는 것, 진정한 배려에 대해 생각해 볼 수 있었다. 바로 심화 과정을 신청했다.

미술 테라피 과정에서 난화를 알게 됐다. 활동 전 종이에 하는 낙서를 말한다. 두 눈 감고 연필로 종이에 마구 낙서한다. 동그라미, 사선,

엑스, 팔자 등 하얀 종이가 금세 시커멓다. 강사는 낙서에서 그림을 찾아 색연필로 테두리를 그려 이름을 적어 보라고 했다. 이리저리 봐도 그림다운 그림은 보이지 않았다. 그저 새까만 낙서였다. 자세히 들여다보라고, 정확한 그림이 아니라도 괜찮다고, 내 눈에 그렇게 보이면 된다고 강사는 말했다. 그 말에 다시 들여다보니 보이지 않던 형태들이 보이기 시작했다. 균형 맞지 않은 티셔츠, 애매한 클립, 지느러미, 파도, 하트, 음표, 별. 찾으려고 작정하니 낙서에는 그림들이 가득했다.

순간, 난화를 독서 모임 글쓰기 프로그램으로 만들 아이디어가 떠올랐다. 우리는 정기적으로 난화 글쓰기를 한다. 방식은 그림 수업 때와 같다. 대신, 찾은 모양을 넣어 글짓기를 한다. 처음에는 모임 사람들도 나와 같은 반응이었다. 낙서에서 그림을 찾지 못했다. 강사가 한 말을 해 주고 기다렸더니 신기하게 한 명씩 그림을 찾기 시작했다. 찾아낸 그림 속 단어는 멋진 글이 되었다. 글쓰기의 심리적 압박을 놀이로 풀어낼 수 있었다. 여러 번 운영하니 보완점이 보였다. 한 번은 자기의 낙서, 다음엔 시계 방향으로 돌려 상대의 낙서에서 그림을 찾게 하는 등 조금씩 변형하여 운영 중이다.

창작의 고통과 놀이의 즐거움을 동시에 즐길 수 있어 우리 모임의 대표 프로그램 중 하나다. 낙서에서 탄생했다는 게 믿기지 않을 정도로 글에는 재치와 진솔한 얘기가 담겼다. 몇 개만 소개하자면 이렇다.

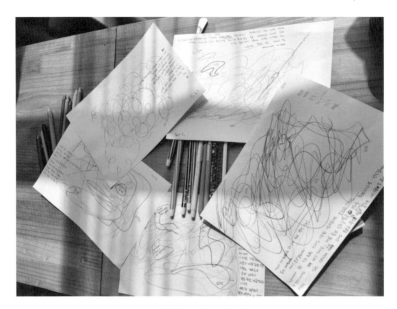

낙서가 글이 된다고?

글-1: 오늘도 우리 모임은 목청 높여 대화해요. 특히, x, a, w 이과계에 관한 얘기가 주를 이루는군요. 각자의 이야기들이 물결을 타고 누군가에겐 정성스레 뜨개질한 겨울 목도리가 되어 따뜻함을 주고, 어부의 손에 쥔 낚싯줄처럼 든든함으로 자리 잡길 바랍니다. 우리의 이야기에 작은 손으로 만든 하트를 날립니다.

글-2: 내가 사는 하트 바다에는 온갖 생물이 사이좋게 모여 살아요. 그중 작은 고래와 커다란 올챙이는 가장 친한 친구예요. 비 오는 날에는 함께 우산도 쓰고, 무더운 날에는 함께 헤엄도 쳐요. 서로를 사랑의 눈으로 바라보며 날마다 함께해요.

글-3: 볕이 좋아 낚시하러 왔어요. 물고기 지느러미가 보이는 걸 보며 오늘 수확을 기대해 봅니다. 낚싯줄이 꿈틀거려 들어 올리니 낙엽이네요~ 실망하지 않을래요. 다시 꿈틀거리네요. 어머나! 이번엔 클립이에요! 물고기를 잡을 수 있을 거란 희망을 안고 다시 물속에 낚싯줄을 던져 봅니다.

이번엔 산 모양의 쓰레기예요. 우리 지구가 몹시 아프겠어요. 지구본의 지구처럼 푸르른 지구를 되살릴 수 있을까요? 지금부터라도 함께 노력해 봐요.

　그림 심리에서 힌트를 얻은 낙서 글쓰기. 쓸모없다고 여겼던 낙서조차 한 편의 글이 될 수 있는 새로운 발견이다. 하다 보니 글 안에는 그 사람의 심리나 최근 고민이 고스란히 드러난다는 흥미로운 사실도 발견했다. 무엇이든 응용하고 비틀어 보면 새로운 것이 될 수 있다. 낙서를 글로 풀어낼 수 있었던 건 함께 해 준 사람들 영향도 크다. 생각 없이 휘갈긴 우리의 낙서는 자신 안의 생각과 감정을 밖으로 표현하는 힘을 길러 주었다. 무엇이든 창조의 대상이 될 수 있다는 발견의 재미도 알려 주었다.

2.
매일 받는
'은정 씨의 질문'

가장 어두운 순간이 가장 밝은 미래로 가는 길이다.

– 『7년의 밤』, 정유정

생각과 상황, 감정을 글로 풀어내는 것은 쉽지 않다. 매번 표현력의 한계를 느끼고 일관성 있게 하나의 주제로 정리하지 못해 좌절하기도 한다. 글쓰기 관련 책은 한 번에 실력을 키워 주는 비법 같은 건 없다고 실력을 키우려면 매일 쓰라고 말한다.

이상하게 글을 쓰려고 하면 마음이 조급해진다. 뒤로 갈수록 엉덩이가 들썩이고 좀이 쑤신다. 글쓰기 습관을 기르기 위해 100일 챌린지에 참여했다. 200일, 300일, 힘겨운 시간이었다. 해내고 나면 나와의 약속을 지켰다는 성취감이 컸지만, 동시에 좌절감도 느꼈다. 매일 썼음에도 실력이 제자리인 것 같고 써야 한다는 압박감 때문에 글 수준이

형편없게 느껴졌기 때문이다.

함께 쓰는 사람들이 칭찬하면 기분 좋다가 반응이 없으면 기분이 가라앉았다. 첫술에 배부르고 싶은 놀부 심보가 따로 없었다. 그때는 그게 단계를 밟아 올라가는 과정이라는 걸 알지 못했다. 완벽이라는 잣대로 평가하고 실력이 늘지 않는다고 자책하다 결국 자존감이 바닥나 블로그 글쓰기를 중단해 버렸다. 2년이나 글을 쓰지 않았다.

아이들이 아프고 나면 훌쩍 자라듯, 글쓰기 성장통을 겪고 나서야 마음의 여유를 가지게 되었다. 이제는 나를 채찍질하거나 서두르지 않는다. 오늘도 글 한 편 썼다는 사실에 만족한다. 책에서 말한 대로 매일 쓰는 것이 빠른 길이라는 걸 깨달았다. 실력보다 꾸준함에 집중할 수 있었다. 마치 진리를 터득한 사람처럼, 글을 쓰는 마음이 여유로웠다. 유명 작가도 처음부터 잘 쓰진 않았을 것이다. 거듭된 연습의 결과로 필력을 얻지 않았을까? 너그럽게 나 자신을 바라보고, 지금을 즐기려 노력한다. 생각과 감정을 글로 풀며 인생을 근사하게 가꿔 가고 싶을 뿐이다.

누구보다 글쓰기 부담을 알기에 독서 모임에서는 쉽고, 재미있게 쓸 방법을 고민했다. 어느 날, 네이버 블로그에 들어가니 새로운 기능을 홍보 중이었다. 매일 블로그가 질문하고 답장하는 형식이었다. 이거다! 모임 사람들에게 매일 질문을 배달하자는 아이디어가 떠올랐다.

보기 좋게 디자인 작업까지 해서 매일 질문 카드를 만들어 올리니 멤버들이 〈은정 씨의 질문〉이라는 이름을 지어 주었다. 매일 질문을 배달하면 열 줄 정도의 글이 올라왔다. '글쓰기 진입 장벽을 낮춰 준다, 매일 아침 어떤 질문이 올까 궁금하다, 재미있는 글쓰기 방식이다.' 연말이면 내년 다시 하고 싶은 프로그램을 뽑는데, 3년간 빠지지 않고 선정될 정도로 기대보다 반응이 좋았다. 상상, 주장, 설득 등 다양한 분야의 글을 쓸 수 있게 질문을 준비하는데, 한 시즌의 질문은 이랬다.

은정 씨의 질문 카드-1

은정 씨의 질문 카드-2

<은정 씨의 질문>

- Day 4 : 걱정을 없애는 특별한 방법

- Day 8 : 요즘 자주 쓰는 말, 말, 말

- Day 9 : 한국 아줌마가 LA 벽화 모델로 등장한 까닭은?

- Day 12 : 나를 위로하는 것, 채우는 것, 달래는 것

- Day 17 : 아침에 눈을 뜨니 세.상.에!

- Day 20 : 나 이런 사람이야!

- Day 24 : 거꾸로 일기(하루, 이틀, 사흘. 오늘을 기준으로 최근 일주일
  을 거꾸로 써 보세요.)

9일 차 질문은 상상 글쓰기였다. 질문 카드에는 한 여인이 벽화 앞
에 서 있고, '한국 아줌마가 LA 벽화 모델로 등장한 까닭은?'이라고 적
혀 있다. 제시된 상황 같은 건 없다. 혼자 상상의 나래를 펼쳐 글로 풀
어야 한다. 카드를 올리자 어렵다고 아우성쳤다. 그러나, 시간이 지나
자 한 사람씩 글이 올라오는 게 아닌가. 한 멤버는 벽화 속 여인을 할
머니 화가로 유명한 '97세의 모비스'로 소개했다. 글에는 그녀가 살아
온 인생 이야기가 가득했다. 세계 각국의 엄마 모습을 담은 사진이라
며 엄마 사랑 프로젝트라는 글, 동양 여성 예술가 제임스라는 가상 인
물을 만들어 생애를 다룬 글, 자신을 도와준 여인을 찾기 위해 그림을
그렸다는 글까지. 창의력 돋보이는 내용이 가득했다. 어렵다던 아침

의 아우성이 무색할 정도로 신선하고 읽는 재미가 있었다.

반응 좋았던 질문은 '요즘 쓰는 말'이었다. 써낸 글에는 사람들의 최근 관심사, 환경, 가치관 등이 담겨 있었다. 우리는 매일 은정 씨의 질문을 받고 글을 쓰며 자신을 돌아볼 수 있었다.

오늘을 기준으로 일주일을 거꾸로 거슬러 올라가며 쓰는 '거꾸로 일기'도 힘들어한 질문이다. 오늘 낮에 먹은 반찬도 생각 안 나는데 일주일은 무리라는 반응이었다. 이 일기는 예전 정리 수납 과정에서 알게 됐다. 강사는 기억력 향상을 위해 수십 년간 해 오고 있었다. 한 예능 프로그램에 출연한 가수도 오늘이 아닌 어제 일기를 2011년부터 3년간 꾸준히 쓰고 있었다. 그는 어제 한 일, 만난 사람 정보를 시간대별로 역순 회귀하며 핸드폰에 간단히 적고 있었다. 역순 일기를 왜 쓰냐는 질문에 어제 느낀 감정을 정리하고, 마음의 안정을 유지하기 위해서라고. 기억력 강화 훈련도 이유라고 했다.

3년간 해 온 '은정 씨의 질문'에 대한 반응은 '자신을 만날 수 있는 의미 있는 여행이었다, 한 번도 생각해 보지 못한 일을 이야기로 쓸 수 있어 재미있었다. 글 쓰느라 머리를 쥐어짰지만 생각이 확장된 기분이다, 쓰는 게 쉽지 않았지만 다른 사람들과 놀이처럼 해서 쉽게 다가갈 수 있었다.'였다. 내가 던진 질문이 누군가에게 의미 있는 추억으로 남는 건 가슴 뛰는 일이다. 리더에게 구상한 아이디어에 대한 좋은 반응을 얻는 것보다 좋은 건 없는 것 같다.

질문을 받는 순간 고민한다. 글로 풀어내는 과정에서 자신의 과거를 마주하기도 하고, 새로운 걸 깨닫거나 배우기도 한다. 매번 질문지를 만들며 고민한다. 이왕이면 쓰기 쉽고 즐겼으면 한다. 글은 나를 아끼고 사랑하는 가장 좋은 도구다. 내 속내를 보여 줄 수 있는 절친 같은 존재다. 다양한 방법을 통해 글을 놀이처럼 느꼈으면 한다. 함께 쓰는 마음이 부담이 아니었으면 한다. 평생 친구 같은 글, 추억을 간직하고, 마음 정리를 도와주는 글을 만나는 방법은 의외로 가까운 곳에 있다. 지금, 연필을 쥐고 노트에 *끄적끄적* 낙서부터 해 보는 거다.

3.
비구조적 북 리뷰도

꿈은 우리의 가슴을 뛰게 한다.

－『1984』, 조지 오웰

기억하고 싶은 문장을 형광펜 칠하고, 인덱스 라벨 붙이는 걸 좋아한다. 밑줄 긋고, 생각을 기록하고, 따라 쓰다 보면 마음이 차분해진다. 책 읽을 때마다 갖은 방법으로 머리에 남기려 노력하지만, 그때뿐이다. 덮는 순간 마법처럼 사라져 버린다. 필사 노트나 책에 쓴 기록들도 펼칠 때뿐이다. 보지 않으면 가물가물하고, 오랜만에 보면 그 문장을 왜 써 두었는지 모르겠다. 기억하려고 갖은 애를 쓴 몸부림만 억울하다.

독서가들의 독서법 중 내게 와닿았던 건 고전 인문 시리즈로 알게 된 작가 강유원의 방식이었다. 인문 철학자인 그는 '머리에 남는 독서법'으로 세 번 읽기를 강조한다. 처음엔 대충 한번 훑기, 줄 긋고 적으며 제대로 읽기, 마지막 세 번째는 줄 친 부분 위주로 꼼꼼히 다시 보기이다.

이미 나만의 습관이 자리 잡혀 있는 상태에서 따라 하려니 쉽지 않았다. 읽을 책들이 쌓여 있어 조급한 마음이 들어 한 권을 오래 붙잡고 있을 수도 없었다. 그렇다고 마냥 남는 것 없는 읽기를 할 수도 없는 노릇이었다. 대충 한번 훑어보기를 시도했지만, 내겐 안 맞았다. 처음부터 긋고, 적고, 칠하며 집중해서 읽었다. 대신, 인덱스 라벨을 아낌없이 붙인다. 떠오른 질문, 필사, 줄거리 요약을 적고, 포스트잇에 관계도를 그린다. 다 읽고 나면 처음부터 인덱스 부분만 빠짐없이 훑어봤다. 왜 붙였는지 이해 안 되는 부분도 있고, 왜 중요하다고 생각했는지 고민하기도 했다. 그러나 표시한 부분을 다시 읽으니 한발 물러나 내 생각을 객관적으로 들여다볼 수 있었다. 끝나면 블로그에 내용을 정리한다. 독서하고, 인덱스나 밑줄 부분 다시 읽고, 블로그 내용 정리가 나만의 머리에 남는 3단 독서법이 되었다.

독서 인생 6년. 필사 노트, 기록장, 달력, 앱 등 다양한 방식으로 기록하다 정착한 건 블로그다. 사진, 작가, 줄거리, 생각 등 한 페이지에 담을 수 있고, 검색의 편의성, 사람들과 댓글로 의견을 교류할 수 있는 것까지 이만한 게 없다.

매번 내용 정리를 할 때면 한참을 고민한다. 키보드 위에 손을 올려 놓고 멍하니 있곤 했다. 무엇부터 시작해야 할지 몰라서다. 내용 정리 하는 데 세 가지가 도움이 되었다.

첫째, 잘 쓰려는 생각이 오히려 글 쓰는 마음을 방해한다. 내가 좋아 쓰는데도 타인의 시선을 의식하게 된다. 나에게 집중하려고 했다. 내 마음부터 돌보는 게 먼저라고 생각했다.

둘째, 일주일에 책 한 권 내용 정리하자는 목표 설정이다. 목표가 없 으니 마음 내키면 쓰고, 내용 정리가 어려우면 쓰지 않는 등 골라서 하게 됐다. 일주일에 한 권과 블로그라는 주기와 장소를 명확하게 세 우니 꾸준히 하는 데 도움이 됐다.

셋째, 시간 관리다. 무작정 내용 정리를 할 때는 3~4시간은 기본이 었다. 하루에 다 끝내지 못해 다음 날까지 쓰느라 시간을 낭비했다. 블로그에 쓰기 전 목차와 인덱스 표시된 부분을 보며 노트에 간단히 정리부터 한다. 타이머를 맞춰 시작하지만, 늘 안 끝난 상태에서 알람 이 울린다. 30분씩 늘려 가며 끝내고 있다. 썼다고 바로 발행하진 않 는다. 핸드폰 화면으로 보며 맞춤법 검사, 줄 간격 조정 등 전체 내용 을 다시 훑고 난 후 발행한다.

읽은 책을 정리하는 방법으로는 북 리뷰, 북 에세이, 서평이 있다. 세 가지 방식은 조금씩 차이가 있다. 북 리뷰는 주요 책 내용을 설명 해 책을 선택하는 데 도움을 준다. 결정 장애를 도와주는 블로그 검색

같다. 북 에세이는 친구와 대화하는 것 같은 편안함이 있다. 쓰는 사람의 생각과 감정이 잘 드러난다. 책의 줄거리에 자신의 이야기를 덧붙이는 것. 책과 사적인 대화를 나누는 느낌을 주는 게 북 에세이만의 매력이다. 서평은 이 분야에서 가장 전문가다. 앞서 설명한 두 글쓰기보다 내용이 전문적이다. 내용 분석과 문제점 지적이라는 심층적 탐구가 뒷받침된다. 비판적 사고를 키울 수 있는 게 서평의 매력이다.

모든 형식은 책과 가까워지기 위한 수단이다. 단순히 읽고 끝내면 책으로부터 얻을 수 있는 진정한 가치를 놓치기 쉽다. 생각을 기록하는 과정에서 사고가 확장되고, 깊어진다. 자신의 방식으로 내용을 정리하고 생각해 볼 때, 비로소 내 것이 된다. 정리 없이 끝내는 독서는 앙꼬 없는 찐빵이라고 생각한다.

모임에서 읽은 책 내용을 쉽게 쓸 방법을 고민했다. 처음 모임을 할 때는 단어로 책을 소개하는 나만의 키워드를 운영했다. 세 개의 키워드로 소개하거나, 추천사를 써 보기도 했다. 안 읽은 사람을 대상으로 큐레이터가 되어 보자는 설정이었다. 자신이 소개한 책과 함께 고심해서 고른 단어가 떠오르길 바랐다.

이 방식을 몇 년 운영하니 깊이 있는 정리에 대한 갈증이 들었다.

지금껏 그랬듯, 우리만의 스타일. 우리 모임만의 방식을 고민했다.

"책 리뷰 재미있게 할 방법 없을까?"

챗GPT에게 물었더니 다양한 정리법을 소개했지만, 내가 원하는 방식은 아니었다. 질문을 바꿔 가며 물어보면서 대화에서 힌트를 얻어 한 장의 북 리뷰를 완성했다. A4 종이를 펼쳐 중앙에 책 제목과 작가를 쓸 수 있도록 동그란 원을 그렸다. 왼쪽 위에는 설명하고자 하는 책과 연결되는 영화, 드라마, 음악, 그림 또는 다른 책 등을 적을 수 있는 공간을 마련했다. 다른 칸에는 읽기 전후의 생각 변화를 기록할 수 있도록 했다. 또한 짧은 감상평이나 키워드를 적을 수 있는 칸도 두었다. 독서하며 떠오른 이미지, 장소, 감정을 그림으로 표현할 수 있는 칸도 만들고, 의미 있게 다가온 한 줄을 기록할 수 있는 공간도 두었다. 영화나 음악, 그림과 글. 한 권의 책과 연결된 모든 걸 총망라해 한 장에 담아 보는 우리만의 '비구조적 북 리뷰도'가 탄생했다.

모임에서 복잡하거나 힘들어하지 않을까 걱정했다. 다행히 자유로운 형식이라고. 독특한 방식으로 표현하는 놀이 같다고. 잘 써야 한다는 부담을 느끼지 않아 좋다는 말에 마음이 뿌듯했다. 각자의 개성이 묻어나는 전혀 다른 북 리뷰가 만들어졌다.

'비구조적 북 리뷰도'는 틀에서 벗어나려는 고민에서 시작됐다. 일반 형식에서 벗어나고자 했던 생각, 우리만의 스타일을 찾기 위한 고민, 익숙한 걸 비틀어 보려는 노력의 결과다. 비슷한 방식은 내게도 지루하다. 관심은 고민을 만들고, 고민은 변화를 이끈다. 우리만의 방식을 도입한 덕분에 내용 정리의 부담을 줄였다. 더 쉬운 것, 더 즐거운 것을 찾아갈 수 있게 나를 움직인 건 사람이었다. 독서 모임 사람들이 있었기에 마음껏 펼칠 수 있었다. 시도해 보고 안 되면 다른 방법을 찾으면 된다. 자신을 믿고 과정을 즐기다 보면 좋은 결과는 따라온다.

4.
독서 모임인데
가끔 책 한 권?

모든 우정에는 저마다 상황 표시등이 있는 것 같다.

– 『먼길로 돌아갈까?』, 게일 콜드웰

"독서 모임인데 매월 책을 안 읽는다고?"

존 윌리엄스의 『스토너』는 문학 애호가들이 인생 책으로 선정하는 소설이다. 이유를 이해할 수 없다는 엇갈린 반응도 있다. 나도 후자 중 한 명이었다. 문학평론가 신형철을 좋아하는 팬으로 그가 쓴 추천사만 보고 책을 샀다. 두께가 있는 것도 아닌데 평범한 한 남자의 인생 이야기는 무료했다. 대단할 것 없는 단순한 이야기에 산 걸 후회할 정도였다. 그러나 책을 덮자, 마법 같은 일이 벌어졌다. 몇 날 며칠 주인공 생각이 떠나질 않는 것이다. 주인공이 처한 상황이 자꾸 떠오르고, 읽을 땐 들지 않던 질문이 계속 들었다. 무릎을 딱 쳤다. 그제야 인생 소설로 뽑힌 이유를 알 것 같았다.

어느 날, 이 책 사진과 함께 집중이 어렵다는 SNS 이웃의 글을 봤다. 그 마음을 충분히 이해하기에 바로 댓글을 달았다. 절대 포기하지 말고 끝까지 읽어 보라고. 다 읽고 나면 마법 같은 일이 생길 거라고. 며칠 후 답장이 달렸다. 덮고 싶은 순간 내 글을 봤다고. 그 말에 끝까지 읽었는데 정말 마법 같은 일이 생겼다고. 특이한 책이라고. 끝까지 읽을 수 있게 도와줘서 고맙다고.

우리 모임은 매월 같은 책을 읽지 않는다. 각자 원하는 걸 읽은 후 오프라인 모임에서 왜 고르게 되었는지, 줄거리와 소감을 나눈다. 봄 모임에 나는 『스토너』를 들고 갔다. 그런데, 다음 달 모임에 다른 이가 이 책을 들고 왔다. 지난달 내 소개에 책이 궁금해 도서관에서 빌려봤다고 했다. 함께 읽어도 좋을 것 같다는 말에 모임 독서책으로 선정했다.

우리는 1년에 서너 권 함께 읽는다. 따스한 봄기운이 물러나고 본격적 무더위가 시작될 무렵인 6월엔 웹툰을 함께 읽었다. 현실에서 벗어나 동심으로 돌아가는 시간이었다. 아이디어 돋보이고, 귀엽고 웃음 나는 만화로 잠시나마 일상의 스트레스를 날릴 수 있었다. 나뭇잎이 대지의 품으로 내려오는 10월에는 잔잔한 감성을 더해 줄 소설이었다. 선정 도서는 봄에 얘기가 나온 『스토너』였다. 이 책의 매력은 처음 읽는 사람과 재독하는 이의 반응이 극명히 갈린다는 것이다. 전자는

'집중이 안 된다. 난독증인가 싶다, 초반을 몇 번이나 다시 읽고 있다, 주인공 아내를 이해할 수 없어 화나고 답답하다.'라는 반응이다. 후자는 정반대다. 이해할 수 없던 아내의 행동이 공감되고, 함축적 문구가 가슴에 와닿아 눈물을 흘렸다고 한다. 그러나 우리네 인생을 보는 듯 읽을수록 빠져든다는 반응이다. 『스토너』와 함께 가을을 보냈다. 울긋불긋 단풍, 청명한 푸른 하늘이 펼쳐지는 가을이면 굳건한 의지로 삶을 살아 낸 주인공이 떠오른다.

함께 읽기는 이런 부분이 좋다.

첫째, 관계 형성에 도움이 된다. 같은 내용을 기반으로 공감대가 형성되고, 활발한 대화가 오간다. 서로의 경험을 나누며 유대감을 형성할 수 있다. 둘째, 나와 다른 의견 교류로 토론의 힘을 키울 수 있다. 같은 책이라도 생각은 제각각이다. 서로 다른 시선을 나누다 보면 내가 미처 발견하지 못한 걸 발견하곤 한다. 함께 읽기는 다양한 시각과 관점을 배울 기회다. 셋째, 동기부여에 좋다. 함께 읽는 건 독서 습관을 잡거나 유지하는 데 도움이 된다. 모임을 통해 서로의 독서 경험을 공유하고 의견을 나누는 과정에서 책에 대한 흥미가 높아진다. 독서 습관을 유지하는 데 도움이 된다.

함께 읽기는 다양한 의견과 해석을 나눌 수 있어 문학적 이해의 깊이를 높이지만, 불편을 느끼는 사람도 있다. 속도와 취향이 다르기 때문이다. 누구에게는 하루 30페이지가 적당한 양이지만, 누구에게는 부담될 수 있다. 모두를 만족시킬 책을 찾는 것도 쉽지 않다. 취향에 안 맞는 책 선정은 흥미를 잃게 할 수 있어 조심스럽다. 고전, 소설, 여름 휴가지에서 읽기 좋은 가벼운 산문 등 계절에 맞게 장르를 바꾸거나 구성원이 돌아가며 책을 고르게 하는 식으로 방식을 바꿔 가며 운영한다. 특정 작가의 작품을 중심으로 차례로 보거나, 각자 읽고 싶은 책을 기간 안에 읽기도 한다. 여러 형태로 변형해 가면서 정체되지 않은 운영을 하고 싶다.

독서 입문자나 취향이 다른 사람에게 매월 함께 읽기는 부담이다. 읽고 싶은 책이 쌓여 있어 내게도 그랬다. 분기에 한 번 운영이 우리에게 맞다. 늘 선택하는 영역에서 벗어나 새로운 작품을 접함으로써 새로운 시선으로 세상을 바라보게 된다. 어색한 감정을 즐기고, 뜻밖의 즐거움과 인사이트를 얻는 게 책이 가진 매력이라고 생각한다. 독서 모임에는 서로 다른 취향과 독서 경력을 지닌 사람들이 모여 있다. 이제 독서를 시작한 사람, 본업에 필요한 공부를 위해 읽는 사람, 배움을 얻거나 취미로 읽는 사람 등 다양하다. 통일된 프로그램으로 결속을 다지기도 하고, 분리된 방식으로 각자에게 맞는 걸 선택하기도 한다. 시간이 지나면 안주하게 된다. '고인 물은 썩는다.'고 했다. 많은 사람이 추구하는 방식 말고 우리에게 맞는 방식을 계속 고민하며 발전시키는 게 리더의 역할이라고 생각한다.

가끔 함께 읽는 책 한 권. 독서 모임은 단지 한 권 함께 읽는 자리가 아니라 생각을 나누고 서로의 삶에 스며드는 공간이다. 때로는 같고, 또 다르게 유연하게 변모할 줄 알아야 한다. 지난 6년간 다양한 활동을 해 오며 해가 거듭될수록 고인 물이 되지 않을까 고민했다. 책과 사람을 통해 새로운 아이디어를 얻고, 다양한 시도를 해 왔다. 독서 모임은 단순히 책을 읽는 것 이상의 의미가 있다. 함께 성장하고 서로에게 긍정적 영향을 주고받을 수 있다. 나 자신이 성장하고 있다는 확신, 우리 모임이 성숙해지고 있다는 믿음을 가지고 있다. 변화에 대한 끊임없는 고민이 확신과 믿음을 가능하게 한다.

우리의 스토너

5.
코로나 시대의
온라인 프로그램들

인생의 모든 순간이 성장의 기회다.

– 랄프 왈도 에머슨

2020년 1월, TV에서 연일 코로나19 뉴스가 이어졌다. 화면 속 세상은 전염병의 심각성을 다루느라 시끄럽다. 반면, 공항은 사람들로 인산인해. 코로나는 그저 머나먼 다른 나라의 이야기였다. 이 시기에 나는 매일 다양한 국가의 사람이 오가는 공항에 있었다.

"어디까지 가세요?"

전염병 확산이 심해지자, 입과 손을 가리고 고객과 얘기를 나눠야 했다. 마스크와 장갑 착용이 의무화되니 실감이 갔다. 금방 잦아들 줄 알았다. 3개월, 5개월, 1년, 2년. 마스크와 장갑으로부터 입과 손이 해방되기까지 그렇게나 오래 걸릴 줄 몰랐다. 회사 상황은 점점 안 좋았다. 발 디딜 틈 없이 사람으로 가득 찼던 공항이 휑했다. 눈으로 보고도 믿기지 않았다. 반짝반짝 광(光)을 드러내며, 사람을 찾을 수 없는 공항이라니. 모든 게 멈춘 정지 화면 속에 들어와 있는 것 같았다.

전 세계가 팬데믹 혼돈에 휩싸였다. 각종 문제가 수면 위로 올라왔다. 감염자 수 급증으로 의료 시설과 의료 인력 부족 등 연일 뉴스는 심각한 문제들을 실어 날랐다. 봉쇄 조치와 사회적 거리 두기로 많은 중소기업이 폐업하거나 생산을 중단했다. 실업률 상승과 소비 감소로 경제는 위축됐다. TV를 보고 있으면 우울과 불안, 스트레스가 가중되는 것 같았다. 이런 상황에서도 어느 분야는 혁신과 발전을 이루기도 했다. 그 중 대표적인 게 온라인 플랫폼의 등장이었다. '줌(Zoom)', '구글미트(Google Meet)', '마이크로소프트 팀즈(Microsoft Teams)'. 이전에는 이름도 들어 본 적 없는 프로그램들이었다. 사회적 단절로 온라인 모임은 폭발적으로 늘었다. 핸드폰 켜고 만나 함께하는 요가, 명상, 홈 트레이닝, 북 토크, 낭독, 필사 등 온라인 세상만의 유대감을 느낄 수 있었다. 사회적 거리 두기로 답답한 세상에 온라인 세상은 한 줄기 빛이었다.

온라인 활동 2년 차가 되니 비대면이 갑갑하기 시작했다. 듣고 싶어 신청한 강의인데 몇 분 지나면 집중이 안 됐다. 그림책 수업, 독서 토론, 작가 강연 등 듣고 싶은 욕구를 마음이 따라 주지 않았다. 갈수록 상태는 나빠져 눈물을 머금고 수업 대부분을 취소했다. 사회적 거리 두기 상황에 온라인 활동까지 끊으니 세상과 단절된 것 같았다. 사람들과 따뜻한 온기는 주고받되 온라인 활동의 부담은 줄일 방법을 고민했다. 혼자 하는 독서와 필사에 의욕이 생기지 않았다. 고민 끝에 격주 토요일 밤에 만나는 '책: 나잇'을 개설했다. 밤 10시에 온라인으로 만나는 모임이었다. 갑갑하다면서 온라인 모임을 여는 게 아이러니하지만, 사람들의 온기는 느끼고 싶었다. 대신, 오디오를 껐다. 얼굴을 마주하는 게 아닌 공부하는 옆 모습이나 책을 비추는 식이었다. 11시가 되면 인사도 나누지 않고 조용히 화면을 껐다. 유령처럼 왔다가 자취를 감추는 방식이었다. 시험 삼아 한번 운영했는데 온라인 부담을 줄여 준다는 반응이 많았다. 나 같은 사람들이 있다는 것에 묘한 안심을 느꼈다.

격주마다 진행하며 정적, 음악, 대화라는 주제로 조금씩 변화를 주었다. 시작 첫 주는 정적을 주제로 기존 방식대로 오디오 끄고 각자 활동에 집중했다. 다음 모임에서는 음악이 흐르는 밤을 주제로 클래식 음악을 조용히 틀었다. 잔잔한 음악 들으며 토요일 밤 독서와 공부를 했다. 마지막 주는 참석자들에게 미리 10분 영상을 보낸 후 짧은 대화를 나눴다. 첫 영상은 최재천 교수의 통섭이었다. 이날의 대화에서는 노동 인생과 자신의 분야에 비빔밥처럼 접목해 보고 싶은 영역, 내가 가진 수학능력 등 평소 생각해 보지 않던 주제로 대화를 나눴다.

모임이 갖는 강점은 나와 다름을 이해하는 데 도움이 된다는 거다. 정적과 음악, 짧은 대화 속에서 우리는 코로나 시대를 살았다.

내게 맞는 방식으로 활동하니 온라인 권태 증상이 조금씩 좋아졌다. 용기 내 다시 강의를 신청해 봤다. 이전처럼, 시간을 계속 확인하거나 가슴이 답답한 증상이 눈에 띄게 줄었다. 잃었던 감각을 되찾은 것만 같았다. 격리된 환경에서 얼굴 마주하고 강한 연대감을 느낄 수 있는 건 온라인 세상의 장점이다. 나만의 방식으로 권태를 극복하며 사람들의 지지 속에서 서로 공감하고, 교류를 나눈 게 큰 힘이 되었다.

2020년, TV 예능프로에서 알라딘 속 지니 램프가 생긴다면 무슨 소원을 빌 건지 묻는 장면이 나왔다. TV 속 아이는 막내와 같은 초등학교 3학년이었다. 쉽게 말하지 못하고 고민하는 모습을 보자 막내아들 소원이 궁금했다. 소파에 누워 핸드폰 게임 중인 아이에게 물었다.

"저 친구 봐 봐. 소원 비는 게 어렵나 봐. 넌 어때?"

"나? 나는 안 어려운데."

그러더니 잠시 머뭇거린다. 엄마가 물었으니, 눈치 보여 가족 건강을 말하지 않을까? 한 번에 부자로 만들어 줄 로또 당첨? 간섭받지 않고 원하는 만큼 게임? 아이가 말할 것들을 생각해 봤다.

그때, 아들이 말했다.

"첫째는 코로나19 없어지는 것. 둘째는 빨리 개학해서 친구들 만나는 것. 셋째는 여름에 물에서 실컷 노는 것."

아들은 세 가지 소원을 말하고, 다시 게임에 집중했다. 머리를 한 대 얻어맞은 듯 뒤통수가 얼얼했다. 방학에도 집에만 있어야 하고, 새 학년에도 선생님과 반 친구들을 만나지 못하는 아이의 마음을 몰라 준 엄마였다. 열 살 아이도 코로나19 종식을 첫 번째 소원으로 말하는데 로또와 게임을 생각했다는 사실에 얼굴이 후끈 달아올랐다. 선생님과 학교 친구들을 그리워하는 아들의 마음이 전해지는 듯했다.

2024년 팬데믹은 종식을 선언했다. 아들이 빈 소원이 이루어졌다. 온라인 세계에서 벗어나 현실에서 얼굴 마주하며 대화를 나눌 수 있었다. 팬데믹 시대에 온라인은 삶의 활력과 위안이 되었다. 덕분에 새로운 형식의 프로그램도 운영해 볼 수 있었다. 온라인 세상이 갑갑해 마음의 문을 닫았다면 다양한 사람들과 연결되는 경험은 해보지 못했을 것이다. 직장 다니며 다양한 자기 계발을 병행 중이다. 함께하는 사람들에게 동기부여 받고, 삶의 활력을 얻는다. 시, 공간 제약 없는 온라인 프로그램 덕분에 가능하다. 이제는 공유하고 소통하는 게 자연스러운 일상이 되었다. 팬데믹 시대는 내게 우회하는 법을 가르쳐 주었다. 나만의 방식으로 접근법을 달리하며 답을 찾아가는 방법이 있다는 것을 알게 됐다.

키워드 독서카드

6.
캘리그라피와 명상:
독서 모임의 덤

꿈을 향한 여정은 삶을 의미 있게 만든다.

– 『소크라테스의 대화록』, 플라톤

30대는 하루를 분 단위로 쪼개며 살았다. '빨리'라는 말을 입에 달고 사는 것이 싫었다. 눈 뜨면 핸드폰으로 날씨를 확인하고, 문자, SNS, 뉴스와 영상을 보느라 시간을 허비하며 살았다. 너저분한 옷가지, 먹고 그대로 둔 식탁 위 그릇, 여기저기 밟히는 장난감을 치우느라 퇴근해서도 쉴 틈이 없었다. 집안일은 해도 해도 끝이 없다. "정리 좀 해, 씻었어? 게임 그만하고!" 매일 시뻘게진 얼굴로 3단 고음을 질러 댄다. 나를 돌볼 여유와 시간 따윈 없다. 아이들 컸다고 집안일이 줄어드는 건 아니다. 이런 일상에 독서와 글쓰기는 어렵다. 마음먹고 시간을 정해 자리에 앉아도 바로 집중되지 않는다. 거실의 TV 소리, 둘째와 셋째가 다투며 노는 소리, 아들이 거실 컴퓨터로 게임 하는 소리. 집안은 온통 소음으로 가득하다. 독시민 그런가. 필사니 글쓰기도 상황은 마찬가지다. 집안 곳곳 날 유혹하는 것 천지다. 포근한 소파에 누워 핸드폰으로 밀린 드라마와 영화 보며 쉬고 싶고, 침대에 누워 뒹굴뒹굴 대고 싶다. 그럼에도 불구하고 매일 유혹을 뿌리치고 책상에 앉는다. 집중할 환경부터 갖추고 시작하겠다는 건 안 하겠다는 말과 같다고 생각한다. 한 번 핑계 대면 내게 온 기회를 놓쳐 버리는 것이다. 매일 5시 40분에 일어나 새벽 독서로 하루를 시작한다. 고요한 시간에 즐기는 독서와 글쓰기로 마음이 차분해진다.

퇴근 후 서둘러 집안일 끝내고 다시 책상에 앉는다. 집중을 위해 방문을 닫는다. 늦은 시간 학원 끝나고 온 아이들 간식 챙기는 건 자연스럽게 남편 몫이다. 시간 확보는 의지와의 싸움이라고 생각한다. 집중을 위해 전원 꺼진 헤드셋을 일부러 착용하기도 한다. 이렇게 하는 이유는 선택과 집중에 따라 하루가 다른 모습이 되기 때문이다.

독서 모임에서 다양한 활동에 참여하는 이유 중 하나는 지치고 반복되는 일상에 환기를 주고 싶기 때문이다. 한 달 동안 매일 인생 문장을 붓펜으로 썼다. 연말 모임에서 선희가 글이 새겨진 빨간 양초를 선물한 일이 계기였다. 처음엔 완성된 제품인 줄 알았는데, 직접 글자를 써서 입힌 것이었다. 솜씨가 좋았다. 그녀는 수줍은 말투로 전문적으로 배우진 않았고, 오랜 취미 생활이라 했다. 배워 보고 싶어 나눔 강의를 부탁했다. 몇 달 뒤, 카페에 모인 우리는 서둘러 독서 모임을 끝냈다. 그녀는 커다란 짐 가방에서 한지, 양초, 작은 다리미를 꺼냈다. 거친 촉감의 한지를 나눠 주며 양초에 넣고 싶은 문구를 연습시켰다. 처음 써 보는 붓펜의 질감이 어찌나 어색하던지. 자신 있게 붓을 들고 한 획 그었다. 종이에 붓을 갔다 대자, 먹물이 빠르게 번져 화들짝 놀라 손을 뗐다. 당황해서 어쩔 줄 몰라 하는 우리를 보더니 선희는 힘 조절에 대해 알려 줬다. 운동도 그렇고 손 글씨도 힘 조절이 핵심이라는 걸 새롭게 배웠다. 한 획 한 획 조심스럽게 꽃 청춘이라고 썼다. 굵기가 제각각이었지만, 무작정 한 문장 완성했다. 여러 번 연습한 후 마음에 드는 한 장을 골라 글자 테두리에 맞춰 손으로 종이를 찢었다. 연분홍 양초에 습자지를 데고 글귀를 감싸 열을 가하니 균일하지 않아 표면이 울퉁불퉁했다. 조심히 습자지를 떼어 내니 내가 쓴 글이 스며 있었다. 마른 장미 잎으로 장식까지 하니 근사해 보였다. 새로운 경험은 일상 속 작은 휴식이었다.

붓펜을 샀는데 한 번으로 끝내자니 아쉬움이 남았다. 그래서 '1일 1캘리' 온라인 프로그램을 개설했다. 책에서 발견한 문구나 명언, 시 구절 등 한 달간 하얀 종이에 썼다. 처음엔 실력이 안 늘어 속상하다는 둥, 다른 사람은 잘 쓰는데 자신만 글씨가 이상하다는 반응이 쏟아졌다. 자격증 취득을 목표로 한 것도 아닌데 잘하려는 생각은 버리고,

즐기자고 말했다. 타인을 향한 시선을 자신에게 돌릴 때 자기 앞에 있는 걸 세내로 즐길 수 있다고 생각한다.

'젠탱글'은 미국에서 시작된 힐링 예술 프로그램으로 종이 위에 선의 패턴을 반복적으로 그리는 것이다. 단순하고 반복된 활동이라 잡념 없애기에 좋다. 재인은 전시회를 열 정도로 재주가 뛰어나다. 독서 모임에서 독서와 글쓰기를 끝내고 젠탱글을 진행했다. 펜으로 획 긋는 방법부터 배웠다. 동그라미, 네모, 세모. 같은 선이라도 선의 굵기, 모양에 따라 다른 느낌이었다. 분명, 같이 시작했는데 각자의 스타일이 더해져 전혀 다른 형태가 되었다. 이날의 모양은 마치, 우리가 나눈 독서토론이 그림과 글씨의 형체로 눈앞에 그려진 것 같았다. 함께하는 우리의 공간은 활기 가득했다.

낯선 자리에서 대화를 이어가기 위해 혈액형을 묻곤 한다. 몇 년 전부터 혈액형보다는 상대의 MBTI에 관한 질문이 대세다. 타인을 알려는 노력은 관계에 도움이 된다. 사람을 아홉 가지 성격으로 분류한 에니어그램을 오래 공부한 멤버가 있다. 모임 초기 질문지를 나눠 주고 성격 분석을 해 줬다. 내가 알지 못한 나를 발견하는 시간이었다. 지친 몸을 달래는 싱잉볼 명상과 채식 브런치 행사를 진행하고, 미니 강연, 캘리그라피, 젠탱글, 작가와의 만남도 열었다. 독서와 글쓰기에 국한하지 않고 다양한 활동을 함께 한다.

밖에선 업무, 안에선 집안일과 육아로 지치는 삶에 취미 활동은 도움이 된다. 심리적 안정과 긍정적인 생각을 갖는 데 도움이 된다. 모임을 통해 평소와 다른 색다른 나를 알아 가는 재미가 크다. 같은 취미를 공유하며 공감과 위로를 느끼고 함께 나누는 즐거움이 있다.

독서 모임에서 캘리그라피, 싱잉볼 명상, 젠탱글을 제안하자 처음에는 의아한 반응이었다. 활동마다 시작하는 게 맞는지 고민을 많이 한다. 나에게만 좋은 일이 될 수 있고 독서 모임 취지에 맞는 활동을 원하는 멤버도 있을 수 있기 때문이다. 늘 같은 형식에서 벗어나 환기하고 싶은 충동을 나만 느낄 수도 있으니 말이다. 나는 독서 모임의 본질은 '함께'라고 생각한다. 고민을 나누고, 배우며, 공감하고 위로하는 모든 활동을 책과 결합하면 된다고 본다. 독서나 글쓰기는 하나의 도구다. 다양한 활동은 시각을 넓히고 영감을 얻는 데 도움을 준다. 다행히 독서 외 활동이 새로운 활력이 되었다고, 힐링이었다고 좋아했다. 우주적 관점에서 삶은 순간이라고 한다. 정작 나의 하루는 처리해야 할 일들이 많아 순간이라는 생각이 들지 않는다. 반복된 일상에 여유와 시간을 갖지 않으면 쉽게 지친다. 우리만의 환기 창구가 필요하다. 내가 꾸준히 새로운 걸 시도하는 이유이기도 하다. 탁한 공기를 맑게 바꿀 환기 창구! 이왕이면 여러 개 두고 싶다.

캘리그라피 활동

족자 쓰기 활동

7.
독서 모임,
챗GPT에게 묻다

내가 진정 원하는 것이 무엇인지 아는 게 중요하다.

– 〈괴물〉

'챗GPT? 그게 뭐야?'

학교 교무실에서 일하고 있을 때다. 공문서를 접수 하니 교육기관의 동향을 가장 먼저 파악했다. 2023년 봄, 수십 건의 문서에 챗GPT 단어가 보이기 시작했다. 궁금해 검색하니 'OPEN AI에서 개발한 대화형 언어 모델'이라고 떴다. 대화가 가능하다는 말이 선뜻 와닿지 않았다. 여러 블로그를 통해 사용 방법을 알아보고 회원가입을 했다. 대화창을 열었는데 쓸 말이 떠오르지 않았다. 질문하는 게 어려운 일인 걸 새삼 느꼈다. 깜박거리는 커서를 보고 있으니, 뭐라고 써야 할 것 같은데 떠오르는 게 없었다. 한동안 멍하니 바라보고 있다 독서 모임 운영에 관해 물었다.

나: 안녕

챗GPT: 안녕하세요! 어떻게 도움을 드릴까요?

나: 챗GPT 너는 40~50대를 대상으로 독서와 글쓰기 모임을 운영하는 리더야.

챗GPT: 죄송합니다만, 현재 제가 직접적으로 모임을 운영하거나 참여하는 능력은 없습니다. 하지만 40~50대를 대상으로 독서와 글쓰기를 즐길 수 있는 다양한 온라인 플랫폼이나 지역사회의 독서 모임, 글쓰기 그룹 등이 있을 것입니다.

이런! 이렇게 하는 게 아닌가?

다시 고민 후 질문했다.

나: 독서 모임에서 창의성을 높일 방법을 알고 싶어.

챗GPT: 독서 모임에서 창의성을 높이기 위해서는 몇 가지 다양한 방법을 도입할 수 있습니다. 아래는 모임에서 창의성을 증진할 수 있는 몇 가지 아이디어입니다. 첫째... 둘째... 셋째....

화면 가득 답변이 올라왔다. 일곱 개나 되는 방법이었다. 대화는 마치 건너편에 전문가가 앉아 있는 것 같은 착각이 들 정도였다. 막힘없이 술술 쏟아 내는 대답이 신기하기도 미래가 걱정되기도 했다. 제대로 된 질문을 준비해 다시 챗GPT에 접속했다.

우선, 40대 독서 모임을 운영하는 사람으로 설정했다. 사람들이 독후감이나 서평 쓰기를 힘들어하는데 좋은 방법이 없겠냐고 물었다. 이번에도 여러 가지 방법을 알려 줬다. 그런데, 딱히 마음에 드는 게 없었다. 질문을 바꿔 사람들이 글쓰기를 힘들어하는 이유부터 물었다. 도움 되는 건 기록하며 질문을 계속했다. 챗GPT가 알려 준 내용들을 토대로 빈 종이에 도형을 그려 넣고, 내용을 채우니 질문한 부담 없이 즐길 수 있는 형태의 결과물이 완성됐다. 드디어, 챗GPT와 나의 첫 합작품! 우리 모임만의 '비구조적 북 리뷰도'가 완성됐다.

방법을 알고 나니 유용했다. 검색 포털은 많은 자료를 제공하지만, 그중에서 나에게 맞는 정보를 일일이 골라야 한다. 반면, 챗GPT는 일목요연하게 정리해 주기 때문에 시간을 절약할 수 있었다. 특히, 고전처럼 시대적 배경을 알아야 하는 작품 읽기에 도움이 됐다. 시대와 저자의 생애에 대한 정보를 알려 달라고 하면 3초 만에 답을 줬다. 작품의 역사적 사건이나 사회적 상황, 작품이 주제까지 바로바로 알려 주니 편했다. 무엇보다, 새로운 데이터를 학습하며 업데이트한다는 것이 놀라웠다. 자료 검색이 필요할 때, 맞는 표현인지 확인하고 싶을 때, 다른 문장이 고민될 때마다 챗GPT를 찾았다.

하다 보니 데이터를 100% 신뢰해도 되는지 의문이 들기 시작했다. 그럴듯한 데이터를 가지고 오니 정확한 내용을 내게 주는지 판단이 서지 않았다. 그렇다고 무작정 신뢰하거나 의심할 수도 없었다.

그러다 일이 터졌다. 무료인 3.5 버전을 쓰고 있을 때였다. 책 리뷰를 쓰려고 책 정보를 챗GPT에 물었다. 『그리스인 조르바』로 그리스 작가 니코스 카잔차키스가 겪은 실화를 바탕으로 한 소설이었다. 간략히 내용을 설명하자면, 지식인 화자는 갈탄광 사업차 크레타섬으로 출발한다. 배 안에서 의기양양하게 다가와 자신을 데려갈 것을 요청하는 조르바를 만나 시작된 여정을 다뤘다. 화자가 조르바의 호기를 잃지 않은 모습과 그의 순수함에 점점 빠져든다는 내용이다. 최근 작품도 아니니 챗GPT가 잘 정리할 거라 믿어 의심치 않았다.

나: 『그리스인 조르바』에 대해 알려 줘.
챗GPT: 『그리스인 조르바』는 프랑스 작가 귀요미 사토르데 베아브르에 의해 쓰인 소설입니다. 이 작품은 20세기 초기 프랑스 문학의 중요한 작품 중 하나로 평가되고 있습니다. 작품은 1910년에 처음 출판되었으며, 현대적인 여성상과 결혼제도에 대한 비판을 담고 있습니다.

이게 무슨 일이지? 챗GPT는 전혀 다른 내용을 알려 줬다. 작가 이름을 넣어 다시 물었다. 달라진 내용은 없었다. 같은 내용만 반복했다. 그리스 작가를 프랑스 작가로, 주인공 남성을 여성으로, 결혼제도를 비판한 책이라고 했다. 잘못된 정보를 마치 사실인 양 알려 주는 걸 눈으로 직접 확인하니 놀라웠다. 만약, 읽지 않았다면 제공해 준 정보를 100% 받아들였을 게 뻔했다. 신뢰할 수 없는 정보를 가지고 글이라도 썼다면 어떻게 됐을지 생각하니 등골이 오싹했다.

사건 이후 챗GPT에 대한 인식이 바뀌었다. 정보를 사용하는 데 있어 신뢰할 내용인지 확인이 필수라는 걸 배웠다. 아이들에게 인터넷 기사를 100% 신뢰하지 말라고 말하곤 한다. 정보가 넘치는 세상이라고. 그러면서 나는 AI 관련 책 한 권 읽지 않고 있었다. 알아보려는 노력 없이 손쉽게 자료를 얻으려 한 것 같아 도서관에서 OPEN AI 관련 책부터 빌려 와 읽었다. 학교에서 공문서를 접수하지 않았다면 주위의 변화를 눈치채지 못했을 것이다. 나와는 상관없는 다른 이야기로 간주했을 가능성이 컸다.

독서 모임을 챗GPT에게 묻곤 한다. 모임 참여자들에게 다양한 정보를 제공하기 위해 챗GPT의 도움을 받는다. 다툼이 생겼을 때 양쪽 말을 다 들어 봐야 하듯, 데이터도 그렇다. 무조건 신뢰보다 검증이 필요하다. 신기술은 계속 등장할 것이다. 발 빠르게 따라가지 못하면 도태될 것이다. 30분 걸려 처리하는 일을 옆 사람은 단 3분 만에 끝낼 수 있는 세상에 살고 있다. 아날로그 감성이 자리를 잃는 것 같아 씁

쓸하기도 하다. 그렇다고 감상에 젖어 있을 수만은 없지 않을까? 이제는 디지털과 아날로그 감성을 조화롭게 버무린 독서 모임을 고민할 때다.

8.
나를 표현하며 삽니다

자기 자신을 아는 것이 성장의 시작이다.

–『소크라테스의 대화록』, 플라톤

"계주할 때 들어오는 순서대로 라인에 설 수 있는데, 옆 반 애가 라인을 안 비켜 줘!"

하루는 딸아이가 체육대회 계주 선수로 뽑혀 달리는데 아이들이 규칙을 안 지켜 화가 난다고 씩씩댔다. 아이들이 규칙 어기는 친구로 스트레스받는 모습을 종종 보곤 한다. 아이들은 그러지 말았으면 하는데 어릴 적 나를 고스란히 닮았다. 인생을 자로 잰 듯 살면 자신만 피곤한 법인데 삶을 느슨하게 바라봤으면 싶다.

"영종도 살아요."

은정 씨의 수상한 독서모임

사람들에게 말하면 대부분 고개를 갸우뚱한다. 어딘지 모르는 눈치다. 인천 공항 있는 곳이라고 부연 설명을 하면 그제야 눈을 크게 뜬다. 영종도는 옛날에 제비가 많아 '자연도'라고 불리던 섬이다. 주위 세 개의 섬을 방조제로 연결해 영종도라는 이름을 붙였다고 한다.

태어난 고향부터 직장 생활과 아이 셋 낳아 키우던 제2의 고향까지 내륙 지역에서 살았다. 바다는 어쩌다 휴가 내고 다녀오는 여행지일 뿐이었다. 삶이 고단해 제주 한 달살이는 꿈꿔 봤어도 정착해서 살게 될 줄은 몰랐다. 드넓은 바다와 일렁이는 파도, 높고 넓게 펼쳐진 하늘을 배경 삼아 산 지 6년이 흘렀다. 초등학생 때 전학 온 큰아들이 벌써 고등학교 졸업을 앞두고 있다. 시간이 빛의 속도로 흐르는 걸 실감한다. 이사 온 2018년만 해도 높은 건물이 지금처럼 많지 않았다. 어느 아파트를 선택해도 바다 전망이었다. 식탁에 앉아 밥 먹다, 소파에 앉아 TV를 보다, 안방에서 건조대에 빨래를 널다가도 고개 들면 푸른 심연이 펼쳐진 바다가 보였다. 바닷물이 하늘과 어우러져 그 경계가 흐려지는 모습을 보고 있노라면 현실 감각이 없었다. 수채화 물감으로 가득 채운 세상에 들어와 있는 듯한 착각이 들곤 했다. 매일의 풍경이 천재 화가의 작품을 연상케 하는 곳. 서해라 입이 떡 벌어질 정도로 아름다운 빨강, 주황, 노랑과 연한 보랏빛으로 물든 노을이 황홀한 도시. 봐도 봐도 질리지 않은 자연이 주는 선물이었다.

섬의 정취를 느낄 수 있는 독서 모임 프로그램을 고민했다. 따스한 햇살과 선선한 바람 불고 꽃이 흐드러지게 피는 4월과 청명한 하늘에 갈매기 떼 날고 바람에 낙엽 향 느껴지는 9월에는 해안가 걸으며 담소 나누고 글도 쓰는 산책 북 토크를 진행한다. 밖으로 나가 파도 소리와 윤슬 가득한 바다를 눈과 귀에 담는다. 우리 모임만의 야외 글쓰기 프로그램이 있다. 일명, 감성 글쓰기로 노트와 연필 대신 핸드폰이 준비물이다. 걸으며 마음에 드는 풍경을 찍는다. 야생화를 담으려 한참 구경하는 사람, 갈매기 날갯짓에 맞춰 뛰는 사람, 눈 감고 손 벌려 햇살을 느끼는 사람 등 각자의 방식대로 시간을 보내며 사진을 찍는다. 그런후 마음에 드는 사진 한 장 골라 이미지 편집 앱을 이용해 문구를 추가한다.

　붉은 단풍잎에 맺힌 물방울에 초점을 맞춰 찍은 사진엔 '가을이 나를 보고 수줍어 붉게 물들고 있다.' 보는 이의 마음마저 깨끗해질 것 같은 사진에 '설레며 누군가를 만나러 가는 마음이 푸른 하늘 너를 닮았구나.' 대형을 이루며 서해를 비행하는 철새 사진에 '무리 지어 날아오르는 너희. 무리 지어 성장하는 우리. 다른 모습, 같은 날갯짓.' 푸른 풀이 가득한 사진에 '행운을 찾고 계시나요? 주위의 모든 게 당신의 네잎클로버랍니다.'라는 글을 더하니 작품이 됐다.

　일상의 재발견과 글쓰기의 결합이라는 취지로, 매일 사진 찍어 문장을 만드는 감성 카드 만들기를 계속 이어 갔다. '재미있겠다, 한 줄 쓰는 것도 쉽지 않다.'라고 초반 반응은 엇갈렸다. 지속적으로 하다 보니, TV 보다, 밥 먹다, 집안 화분에 물 주다 사진 찍고 글을 쓰고 있다고, 카메라 속 일상이 다르게 느껴진다고 했다. 우리의 사진첩에는 생각 없이 쓰던 휴지통, 남편이 사 온 붕어빵, 검정 봉지, 빗물 흐르는 창문까지 사진 한 장에 글이 더해진 작품이 가득하다.

자연과 함께하니 마음에 여유가 생기는 것 같다. 산책하며 글을 쓰니 다들 실내와는 다른 감성이 묻어나는 글이 나왔다. 소소한 취미활동은 바쁘고 지친 삶에 휴식이 된다.

6년 전, 모임 이름을 두고 고민했다. 글과 책을 떠올릴 수 있는 단어를 인터넷으로 찾아보고 고민해 봤지만, 선뜻 떠오르는 게 없었다. 주위 모임은 하나같이 기발하게 이름을 지었는데 나는 마땅한 걸 찾지 못했다.

"최근 살롱이 유행입니다."

어느 날, 소파에 앉아 TV 채널을 돌리고 있었다. 살롱이라는 단어가 귀에 꽂혀 멈칫했다. 프랑스에서 유행한 상류 가정의 객실에서 열리는 사교 집회가 어원이라며 변천사를 보여 줬다. '아! 저거다! 살롱!' 당시 주위 모임을 둘러봐도 살롱이란 단어를 사용하는 곳이 없었다. 마음에 들었다. 섬이라는 특성을 살려 감성 가득한 곳에서 지적 대화를 나눈다는 의미로 '감성 살롱'이라고 지었다.

블로그를 처음 개설한 게 2019년이다. 당시 주민센터 영어 회화 기초반 수업을 듣고 있었는데 영어 이름이 앨리였다. 성을 붙여 앨리안으로 지었다. 독서 모임 초기엔 이름 대신 서로의 닉네임을 불렀다. 블로그에 글을 쓸 때도, 모임 활동에도 사용하니 이름보다 더 많이 불렀다. 그러나, 내게 맞지 않은 옷 같았다. 바꾸고 싶은데 마땅한 게 없었다. 책과 쓰기 삶에 깊이 다가갈수록 닉네임에 대한 갈증이 컸는데 한참 지나서야 이유를 알았다. 바로 정체성이었다. 내가 무엇을 추구하는지 애칭에 드러나지 않았다. 이름만 들어도 책 좋아하는 걸 알수 있는 단어를 고민했다. 다른 사람들은 멋지게만 잘 짓던데, 머릿속에 떠오른 건 하나같이 맘에 안 들었다. 최애 작가인 배수아의 『작별들 순간들』을 읽다 한 단어에 꽂혔다. 독서가, 애서가로 살고 싶은 단어인 '오직'과 '서가'를 발견했다. 그렇게 모임 이름과 온라인 닉네임의 정체성을 갖게 됐다.

인터넷과 디지털 플랫폼의 발전으로 우리는 온라인 공간에서 다양한 방식으로 '나'를 표현하며 산다. 나이가 들수록 공감 능력이 쇠퇴한다고 한다. 메마른 감성을 살리고 공감 능력도 높이기 위해서는 사람들과 어울려야 한다. 내성적인데도 용기 내어 관계에 뛰어드니 삶은 변하기 시작했다. 생각과 시선을 바꾸니 주변의 관계도 변했다. 나와 다름을 배워 보자는 생각으로 사람들 틈으로 파고드니 나와 다른 감성, 삶의 자세, 관점과 지혜를 얻었다. 다양성을 인정할 때 주위는 새로운 세상으로 바뀐다.

한 달에 한 번 힐링

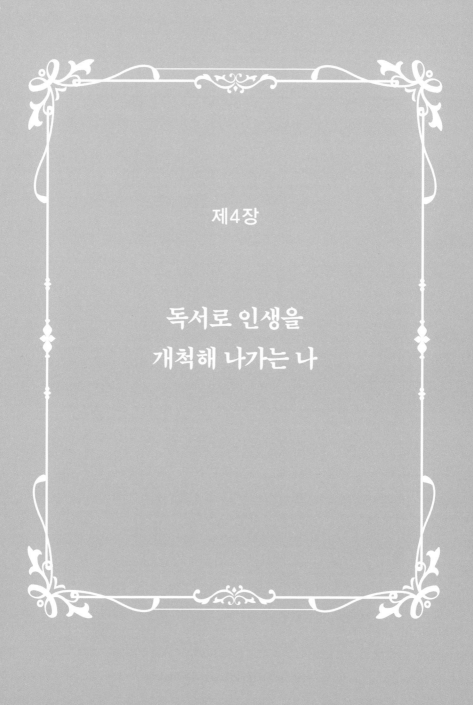

제4장

독서로 인생을
개척해 나가는 나

1.
젊어서 좋겠어!

꿈은 우리가 바라는 것을 향한 첫걸음이다.

－『이성과 감성』, 제인 오스틴

"세 아이 키우면서 직장 생활까지, 정말 대단해!"

회사 동료들은 나를 슈퍼우먼이라 불렀다. 하지만 정작 나는 대단하다고 생각지 않았다. 칭찬 한번 해 줄 법한데 그런 마음의 여유조차 없었다. 어느 날, 남편이 경매 강의를 들어보라고 하는 게 아닌가. 부동산 쪽으로는 아는 게 없는데 무슨 말인가 싶었다. 잘못 들은 줄 알았다. 학창 시절 공부하라면 하고 싶은 마음이 싹 달아나던 나였다. 엄마는 나의 청개구리 심보를 아시기에, 하라고 시키지 않으셨다. 스스로 알아서 하는 편이었다. 그런데 갑자기 부동산 공부라니. 이유를 묻기 전에 반감부터 들었다. 3개월 전부터 남편은 경매 강의를 듣고 있었다. 수업 내내 나와 함께하면 좋겠다는 생각뿐이었다고 했다. 경제 쪽은 겁부터 나는데 큰일이었다. 부동산 용어 중에 실제 현장에 나가는 걸 '임장'이라고 한다. 당시는 그런 기본 단어조차도 모를 정도로 무지했다. 더군다나 일과 육아만으로도 지친 상태인데 매주 퇴근 후 서울에 가야 한다니 막막했다. 내 눈치를 살피던 남편은 왜 경매를 시작해야 하는지 차근차근 설명하기 시작했다. 하나부터 열까지 다 맞는 말뿐이었다. 부모가 되었으니 학창 시절처럼 싫다고 고집부릴 수만은 없었다. 1년간 듣는 수업도 아니고, 3개월이었다. 해 보겠다고는 했지만 할 수 있을지 자신 없었다. 매주 서울까지 다닐 수 있을지, 수업을 따라갈 수 있을지 시작하는 날까지 한숨만 나왔다.

수업 첫날. 퇴근하자마자 택시 타고 KTX 역으로 가 서울로 향했다. 강의장은 서울역 근처였다. 교실에 들어서니 김밥 한 줄과 생수 한 병을 나눠 주며 저녁이라고 했다. 그제야 수업 들으러 서울까지 온 게 실감 났다. 받은 음식을 가방에 넣고 주위를 둘러보는데 강의장이 인파로 가득했다. 이 시간에 이렇게 많은 사람이 모여있는 게 신기했다. 옆 사람과 부동산 얘기하는 사람들을 보니 집에 가고 싶었다. 천안이라면 뒤도 안 돌아보고 나왔을 텐데 서울이라 어쩔 수 없이 빈 자리를 찾아야 했다. 갑자기, 사람들이 손뼉 치고 환호하는 게 아닌가. 강단을 보니 한 남자가 걸어 들어오는 게 보였다. 강사가 누군지 알아보지도 않고 왔다는 걸 그제야 깨달았다. 분위기로 봐선 유명한 것 같았다. 장내가 소란한 틈을 타 강의실 전체를 둘러봤다. 들어올 땐 못 본 갓난아이를 안은 여성이 눈에 띄었다. 백일 정도 되어 보이는 아이라니. 잘못 봤나 내 눈을 의심했다. 밀폐된 공간이라 공기도 탁하고, 늦은 밤에 수업이 끝나는데. 아이 엄마 욕심이 과하다고 생각했다.

첫날은 오리엔테이션으로 한 명씩 강단으로 나가 신청 이유를 말하는 시간이었다. 큰 키에 30대 후반으로 보이는 남성은 점심 먹고 전남 영광에서 출발했단다. 구미에서 온 20대 남자는 독학으로 경매 공부해서 부모님 집을 사 드렸다고 한다. 내 차례가 다가올수록 앞이 깜깜했다. 드디어 내 순서다. 시뻘게진 얼굴로 사람들 앞에 서서 남편이 등록해서 오게 됐다고 솔직하게 얘기했다. 열의에 찬 사람들에게 찬물을 끼얹는 것만 같았다. 중국 상해, 구미, 부산 등 전국을 넘어 옆 나라까지 오다니 놀란 입이 다물어지지 않았다.

마지막으로 백일 된 아이를 안은 여성이 강단에 올라왔다. 순간, 쥐 죽은 듯 조용했다.

"아이 때문에 다들 놀라셨죠? 우리 집 넷째 ○○○입니다."

당찬 목소리로 지금껏 앞에 놓인 상황 때문에 다음으로 미루며 살았다는 말을 했다. 기다려도 적당할 때는 오지 않더라며. 세월은 흐르는데 더는 미루고 싶지 않아 백일 갓 지난 아이를 데리고 강의에 왔다고 했다. 막내를 데리고 끝까지 해낼 수 있을지 자신 없다며 말을 마쳤다. 손바닥이 뜨겁도록 손뼉을 쳤다. 강의장에 박수 소리가 울려 퍼지고, 가슴 한편이 뜨거웠다.

　10년이 지나도 그날이 어제 일처럼 생생하다. 그 아이는 몇 살쯤 됐으려나 한 번씩 궁금하다. 경매 수업보다 나는 사람들에게 충격을 받았다. 세 아이, 직장인, 천안에서 올라온 걸 나의 악조건이라 생각했다. 전국 각지와 대구에서부터 갓난아이를 안고 온 엄마를 보고 나니 그런 생각을 한 게 부끄러웠다. 강의장은 퇴근 후 삶의 2부를 여는 사람들의 열기로 뜨거웠다. 밤에 피는 꽃들 같았다. 하루를 뜨겁게 살아가는 사람들을 보니 열정적으로 산다는 것, 삶을 주체적으로 끌고 간다는 것에 대한 고민이 들었다. 책에서나 볼 법한 사람들을 눈앞에서 마주하니 지금까지 나는 무엇을 하며 살았나 싶었다.

　인천 이사 후 주민센터로 영어 기초 수업을 다녔다. 직장에서 승진하려면 어학 자격은 필수였다. 입사 초기에는 영어보다 일본어 쓸 일이 많았다. 일본어 자격증을 땄는데, 시간이 지날수록 중국어와 영어가 대세였다. 영어에 대한 압박을 느꼈지만, 뒤늦게 시작하려니 두려웠다. 퇴사하니 미뤄 둔 영어 생각이 났다. 기초부터 차근차근 해 볼 요량으로 주민센터 강의를 신청했다. 첫 수업 날, 10분 빨리 가서 맨 앞자리에 앉았다. 그런데 이게 무슨 일이람! 수강생 어르신들 실력이 수준급이었다. 4년 연속 듣고 있거나, 해외에서 살다 온 분도 계셨다.

이름만 기초지 고수들의 집합이 따로 없었다. 나와 동갑내기 한 명이 반에서 막내이자, 입도 못 떼는 왕초보였다. 따라갈 수 있을 줄 알았던 착각은 첫 수업에서 와르르 무너졌다. 아는 것조차 입 밖으로 나오지 않았다.

매주 만나니 어르신들과 친해졌다. 하루는 일찍 도착해 챌린지 중이던 왼손 필사를 하고 있었다. 공들여 한 글자 한 글자 쓰는데 교실에 들어오신 어르신이 내게 왼손잡이냐고 물으셨다. "뇌를 깨우려고 왼손 쓰기 중이에요."라고 하자, 내 주위로 다들 모여들었다. 요새 기억력이 더 나빠져서 큰일이라고, 왼손 필사가 신기하다고. 고민을 토로하다 웃기를 반복했다.

"젊어서 좋겠어."

어르신들은 나를 볼 때마다 인사처럼 얘기했다. 마흔을 코앞에 두고 있어 다가올 사십 대를 걱정하고 있을 때였다. 삼십 대 앞자리가 사십으로 바뀔 걸 생각하니 확 늙어 버린 것 같았다. 푹 자고 일어났더니 갑자기 중년이 된 것 같았다. 어르신들이 젊어서 좋겠다고 하실 때마다 속으로 '저 젊지 않아요.'라고 외쳤다. 예의상 건네는 인사라고 여겼다. 매번 진심 어린 표정으로 말하는데, 젊지 않다고 말하는 건 잘난체였다. 그러나, 매주 들으니 나도 아직 젊다는 생각이 들었다. 나이들어 젊은 시절을 그리워하며 살고 싶지 않다는 생각도 들었다. 나이에 대한 생각을 바꾼 것뿐인데 용기가 났다. 나이 들어 후회하지 말고,

한 살이라도 젊을 때 뭐든 해야겠다 싶었다.

'젊어서 좋겠어!'는 무적의 말이다. 대기업 퇴사 후 마주한 세상은 녹록지 않았다. 생각한 것보다 나의 사회적 나이는 높았다. 주민센터 어르신들의 한마디와 백일 된 아이를 안고 경매교육을 들은 엄마의 열정은 지금이 인생에서 가장 좋은 때라는 걸 알게 해 줬다. 인생을 어떻게 바라볼 건지는 나에게 달렸다. 도전 앞에 주춤할 때면 그들이 생각난다. 그래! 오늘이 내 생에 가장 젊을 때다.

은정 씨의 수상한 독서모임

2.
나만의 마법 문장
있으신가요?

성장은 자신을 이해하고 받아들이는 것이다.

– 『미들마치』, 조지 엘리엇

동기부여 받고 싶어 책과 영상을 챙겨 본다. 그러나 힘겨운 순간에는 떠오르지 않는다. 힘든 순간에 꺼내려고 노트에 기록하고, 메모장에 저장하고, 기억하려 애써도 정작 힘들 땐 떠오르지 않아 허무하다. 반면, 경험으로 터득한 문장은 불안하고 답답한 상황에 애쓰지 않아도 자연스럽게 떠오른다.

대기업 시절, 승진을 위해 앞만 보고 달렸다. 매월 출장 다니고, 밤 12시 넘어서까지 업체 심사를 하기도 했다. 한번은 일본 출장이 잡혔을 때였다. 세 아이 봐줄 사람이 없어 전전긍긍해야 했다. 친정은 거리가 멀고, 부모님 두 분 다 일하고 계셔 오실 수 없고, 시댁도 상황은

같았다. 이 악물고 버텨 온 직장이었다. 워킹 맘이라 못 하겠다는 말
은 죽기보다 하기 싫었다. 아이들 키우느라 직장에서 기회를 놓치고
사는 것 같아 속상하기도 했다. 남편이 반차에 월차까지 끌어다 쓰고
아이들을 봐줘서 출장을 다녀올 수 있었다.

　첫째 임신 때 주말에 갑자기 양수가 터져 예정일보다 3주나 빠른 출
산을 했다. 갑작스러운 상황에 인수인계는커녕 집 정리도 하지 못하
고 입원했다. 3년 터울 세 아이 임신과 출산하며 15년을 버틴 직장이
다. 이 악물고 저녁마다 공부해 어학 자격증을 따서 승진에 성공했다.
드디어 한숨 돌리나 싶었다.

　"이번 ○○○ 고객 방문 시 회사 소개는 안 대리가 해 봐."
　연차가 쌓일수록 발전된 능력을 보여 줘야 하는 곳이 직장이다. 나
는 그대로지만, 실력은 시간과 함께 한 단계 점프해야 한다. 승진하니
사원일 때와는 다른 일이 날 기다리고 있었다. 특히, 남들 앞에 서야
할 일이 많았다. 생각만 해도 부담되고 손발이 떨렸다.

　고객 앞에서 회사 소개라니. 생각만 해도 진땀 나고 걱정돼 잠까지
설쳤다. 우드톤 책상에 두툼하고 몸을 푹 파묻힐 수 있는 검은색 회장
님 의자가 즐비하게 늘어서 있고, 말할 때 붉은빛을 번쩍이는 마이크
에 창문도 없어 묵직한 분위기에 압도되는 대회의실에서 회사 소개를
해야 했다. 피할 수 있다면 어떻게든 피하고 싶었다. 그러나, 현실은

연습뿐이었다.

드디어 당일. 중국 고객사와 통역사가 도착했다. 1층 로비에서 회의실로 안내하고, 대표이사와 부서 간부들, 국내 고객사까지 모두 의자에 앉았다. 책상 아래 두 손이 벌벌 떨렸다. 인사를 시작으로 회사 소개를 시작했다. 사람들과 눈도 맞추고, 빠르지 않은 속도로 해야 하는데 화면 보고 외운 것들을 풀어내느라 바빴다. 어떻게 끝났는지 기억이 흐릿하다. 말하는 속도가 빨랐다는 피드백만 기억날 뿐이다. 회사 소개를 시작으로 앞에 서는 일은 계속됐다. 고객들에게 현장 공정 소개와 조치 사항을 설명하는데 매번 해도 익숙해지지 않았다. 불안한 마음을 잠재울 방법은 반복뿐이라 쉴 새 없이 연습해도 전날까지 심한 압박을 느꼈다.

불안 속에서 터득한 나만의 방법은 '어차피 끝나!'라는 체면이었다. 세상 모든 일은 끝이 있기 마련이다. 이 말은 불안한 마음을 일시적으로 달래 주었다. 끝내고 집에 가서 시원하게 맥주 한 모금 들이켜는 상상을 했다. 잘하고 못하고를 떠나 끝났을 때의 해방감을 생각하니 두근대던 심장이 조금 가라앉았다. 이후 영양제처럼 마음이 불안하고, 걱정될 때면 끝내고 난 뒤의 해방감을 떠올렸다. '결국, 잘할 거잖아, 이겨 낼 거잖아.' 경험에서 얻은 문장은 힘든 순간에 마법처럼 번뜻 떠오른다. 하다 보니 나는 나를 응원하고 있었다.

새로운 일 시작을 두고 잘할 수 있을까 걱정이 많은 편이다. 함께하는 일에 도움이 안 되면 어쩌나 걱정이 앞선다. 새로운 모임과 직장에서도 상황은 마찬가지다. 엄마 작가 열 명이 함께한 『엄마에서 나로, 리부트』 공저 책을 출간한 이후 폐를 끼치면 안 된다는 생각이 강했다. 그러나 심리적 부담감은 나를 한 발 나아가게 했다. 초고와 퇴고 기한을 지키기 위해 앞만 보고 달리고, 책 홍보를 위해 내가 할 수 있는 걸 고민했다. 당장 할 수 있는 인스타 1일 1릴스와 개설 후 방치한 유튜브에 1일 1숏츠부터 올렸다. 독서 모임 공지를 위해 종종 쓰던 캔바 프로그램으로 홍보 영상도 만들었다. 공저 작가들이 좋아해 주어 열성적으로 하다 보니 실력도 늘었다. 평소 인스타그램에서 '좋아요'만 누르던 도서 인플루언서에게 용기 내 DM을 보내 책 홍보도 부탁했다. 읽어 보겠다고 답한 사람에겐 손 글씨 엽서까지 동봉해 책 선물을 했다. 라디오에 사연도 보내고, 도서관마다 작가와의 만남 제안서도 발송 했다. '잘할 거라는 걸, 이겨 낼 거라는 걸' 믿으며 나아갔다.

마법 문장은 나에 대한 확신이 부족할 때 빛처럼 효과를 발휘한다. 두 주먹 불끈 쥐고 나아가게 해 준다.

배우 리즈 위더스푼의 〈와일드〉는 엄마 잃은 슬픔을 도보여행으로 치유해 가는 과정을 그린 영화다. 그녀는 멕시코 국경부터 캐나다 국경까지 무려 4,300km를 걷는다. 시작 1일 차, 배낭 메고 하이킹을 시작한 셰릴이 가장 많이 뱉은 말은 미쳤다는 원망이었다. 사막을 걸으며 주문처럼 언제든 그만둬도 된다고 말하는 그녀를 보자, 초창기 독서 모임 시작할 때가 떠올랐다. 못한다고 거절하지 못해 떠밀리듯 시작한 내가 한심했었다. 독서 모임에 참석 한번 안 해 보고 시작하려니 앞이 깜깜했다. 더는 못 하겠다고 말하고 싶은 적이 많다. 오래가지 못 하겠지 싶었다.

인생을 살며 뜻하지 않는 벽과 마주칠 때가 있다. 해 보지 않았기에 두렵고 포기하고 싶다. 해야 할 이유보다 하지 못할 핑계만 가득하다. 물론, 바로 실행하는 사람도 많다. 나는 변화를 거대하게 느끼는 편이다. 피할 명분을 만들기 바쁘다. 셰릴은 10일, 35일, 40일, 62일, 94일간 걷는다. 수많은 역경을 이겨 내고 결국 종착지인 신들의 다리에 오른다. 벽을 넘기 전 그녀의 세상은 마약으로 찌든 삶이었다. 그러나, 한계라는 벽을 뛰어넘는 순간 새로운 인생이 그녀를 기다렸다. 6년의 모임이 내겐 벽을 뛰어넘는 시간이었다. 다양한 활동을 계획했지만, 좋은 반응을 얻을 때도 아닐 때도 있었다. 실패와 성공을 거듭했다. 내 앞에 높인 벽 뒤에는 결국 해낸 내가 있었다.

인생을 사는 데 나만의 마법 문장은 필요하다. 첫 발표의 불안감은 끝내고 난 뒤 해방감으로 극복했다. 막막하던 모임은 내가 만든 프로그램을 좋아할 사람들을 상상했다. 좋아하는 것을 하며 사는 미래를 상상하고 내 안의 마법 문장을 떠올렸다. '한 번만 더 해 보자!'라는 생각이 내게 사람과 6년의 추억을 선물했다. 나를 움직이게 하고, 끝까지 가게 한 마법 문장은 나에 대한 믿음이었다. 누군가의 지지를 받는 건 큰 힘이다. 그러나, 자기 믿음이 부족하면 밑 빠진 독처럼 오래가지 못한다. 나를 일으켜 세워 줄, 마음 다독일 문장 하나 가슴에 품고 산다는 건 애쓰지 않아도 힘겨운 순간에 마법처럼 내게 힘을 준다.

3.
돌고 돌아 여기

꿈은 스스로를 믿는 것이다.

－『일곱 해의 마지막』, 김연수

　직장 생활을 접고 인천에 올라오니 자유와 불안이라는 양가감정에 힘겨웠다. 적은 돈이라도 벌어 볼 생각에 동네 맛집, 놀거리, 체험을 홍보하는 지역 서포터즈를 했다. 많지 않아도 통장에 원고료라고 찍힌 돈을 보니 뿌듯했다. 주말이면 아이들 데리고 근처 해수욕장에 갔다. 드넓게 펼쳐진 백사장에 그늘막 펴 두고 갯벌 체험도 하고, 아이들이 모래놀이와 수영하는 모습, 물 위의 갑판을 걷는 해상 관광 탐방로, 짚라인 등 정보가 될 만한 사진을 찍었다. 수백 장 찍은 사진 중 몇 장 골라 '인천 ○○해수욕장'을 알리는 홍보 글을 썼다. 다섯 식구 식비를 줄이기 위해 체험단에 가입해 가까운 식당이 나오면 무조건 신청했다. 맛있는 한 끼 먹고 가게와 메뉴를 알리는 사진과 동영상을 담아 후기를 올렸다. 지역 서포터즈와 체험단 활동까지 하니 블로그 수익화에 관심이 갔다. 배워 보려 알아보니 관련 강의가 수도 없이 많았다.

직장인의 삶으로 돌아가고 싶지 않았다. 이전처럼 종일 직장에 묶여 있을 자신이 없었다. 장소와 시간에 구애받지 않는 삶, 노트북 하나로 수익을 창출하는 디지털 노마드 인생을 꿈꿨다. 셀 수 없이 많은 강의 중 어떤 걸 선택해야 할지 어려웠다. 강사가 운영하는 블로그에 들어가 이웃 수와 강의 후기, 댓글을 둘러보며 내게 맞는 걸 찾기 시작했다. 이거다 싶어 수강료를 묻고 기겁하고 창을 닫기도 했다. 하나같이 부담스러운 가격이었다. 나를 위한 투자라고 생각해도 선뜻 결정 내리기 쉽지 않았다. 우연히 한 강의를 발견했다. 싼 가격은 아니었지만, 다른 강의에 비해 높지 않고 강의평도 좋았다. 2주 후 서울행 전철에 올랐다.

헤맨 끝에 겨우 제시간에 강의실에 들어갔다. 나를 포함해 수강생은 열 명 남짓이었다. 강사는 블로그 주인을 소개해야 하는 이유와 키워드란 무엇이고, 디지털 세상에서 나만의 빌딩을 세우는 투자 방법을 설명했다. 하나라도 더 알려 주려고 애쓰는 모습이었다. 그러나 괜히 왔다는 후회가 들었다. 분명, 강사는 최선을 다해 알려 주는데 왜 그런 마음이 드는지 황당했다. 강의가 끝나고야 이유를 알 것 같았다.

문제는 내 수준이었다. 블로그 걸음마 수준인 내게 뛰는 법을 알려 주니 흡수하지 못했다. 강사가 아무리 핏대를 세우고 말해도 내겐 스치는 말에 지나지 않았다.

코로나 시기 한산한 공항 매표 부스에 앉아 홀로 시간을 보내는 날이 많았다. 사람이 없으니 출근해도 딱히 할 일이 없었다. 그렇다고 자리를 비울 수도 없었다. 출근해서 멀뚱멀뚱 있는 시간이 아까웠다. 네이버에서 무료로 지원하는 온라인 상점 강의를 들었다. 그날 저녁, 남편과 산책하며 강의 얘기를 했다. 며칠 후 남편에게서 인터넷 링크가 도착했다. 온라인 쇼핑몰로 성공한 유명인의 강의였다. 또 돈만 낭비하는 게 아닐지 고민되었다. 그러나 코로나 시기에 뭐든 붙잡아야 했다. 행동하지 않으면 실패도 아무 변화도 일어나지 않는다 하지 않았던가. 실패하더라도 시작해 보기로 마음을 고쳐먹었다. 공항은 한 달 쉬고, 한 달 일하는 격월 출근제에 들어갔다. 올해 안에 끝날 거라는 희망은 점점 흐릿해져 갔다. 회사에서 인원 감축을 한다 해도 이상하지 않을 분위기였다. 그럴수록 온라인 강의를 시작하길 잘했다고 생각했다. 본격적으로 해 보려고 하니 상품 입점이 고민이었다. 강사는 자신이 좋아하는 영역으로 접근하라고 알려 줬다. 상품이 결정돼야 상점 분위기와 상호를 결정지을 수 있는데 결정된 게 아무것도 없으니 마음이 조급했다. 관심 있는 걸 고민해도 마땅히 떠오르는 게 없었다. 고민만 하고 있을 수는 없어 시작부터 하고 조금씩 고쳐 가자는 생각에 위탁판매를 시작했다. 위탁 방식이라 물건을 내가 가지고 있는 게 아니라 재고 부담이 없었다. 신청이 들어오면 업체 사이트에 접속해 구매자 정보를 입력하고 택배 요청만 하면 됐다. 무엇보다 일하면서 할 수 있다는 게 좋았다. 위탁 업체에 올라온 상품 상세 페이지를 내 온라인 상점에 올리면 바로 판매 시작이었다.

'주문 1건이 접수되었습니다.'

동네 친한 언니들과 카페에 있는데 첫 주문 문자가 도착했다. 심장이 두근거렸다. 대화에 집중이 안 됐다. 빨리 집에 가야 할 것 같다고 말하고 짐 챙겨 집으로 향했다. 거실 컴퓨터 전원을 켜고 접수 화면을 열었다. 전북 군산 A 아파트 ○○동 ○○호. 처리 방법을 여러 번 연습했는데 아무것도 생각나지 않았다. 얼른 방에서 수업 교재를 가져와 펼쳤다. 하나하나 손으로 짚어 가며 물건을 발송했다.

주문이 들어오는 게 신기했다. 할수록 제품 상세 페이지를 눈에 띄게 만들고 싶은 욕심이 들었다. 무료 디자인 플랫폼 미리 캔버스로 상품 페이지를 만들었다. 수업에서 계절별, 시즌별 유행 상품과 키워드 분석 방법을 배웠는데 일하며 운영하려니 시간이 부족했다. 나는 주로 TV 예능 프로그램에 나오는 상품을 팔았다.

온라인 상점은 딱 1년 하고 접었다. 목적 없이 운영한 탓에 관심은 금세 사그라들었다. 돌아보면, 상품 분석에 앞서 나라는 사람에 대한 분석이 먼저였다. 나는 아울렛이나 대형 할인점 쇼핑을 즐기지 않는 편이다. 식재료비 빼고 개인 소비 1위는 도서비다. 남편은 마트에 가면 구경할 생각에 들떠 있다. 반면, 나는 살 것만 사고 빨리 가자는 편이다. 사람 많고 시끄러운 곳에서 벗어날 생각뿐이다. 그런 내가 온라인 쇼핑몰이라니. 자기 분석 실패다. 코로나로 일자리를 잃을지 모른다는 불안감, 남들 다 하니 나도 해야 할 것 같은 조바심이 실패의 원인이다. 남들이 쉽게 돈 버는 줄 알았다. 사업자 번호를 말소하며 헛다리를 짚어도 한참 잘못 짚었다는 걸 깨달았다.

지역 서포터즈, 블로그 수익화, 온라인 상점까지 하나같이 오래 못 갔다. 돈과 시간만 날리고 결국, 돌고 돌아 제 자리로 돌아왔다. 그러나 후회하지 않는다. 낯선 경험을 해봤고, 다양한 직업의 사람들을 만났고, 당장 써먹을 수는 없지만 기술도 터득했다. 막연히 디지털 노마드 인생과 N잡러를 꿈꿨는데 새로운 것에 도전해 보고 알았다. 나는 다양한 직업보다 안정 추구형이라는 걸. 중심 직업을 유지하면서 다양한 취미 활동을 즐기는 삶을 원한다는 걸. 어떤 삶을 추구하는지, 내가 무엇을 좋아하고, 무엇을 잘하는지 경험을 통해 배웠다. 머리로 생각만 해서는 답을 찾을 수 없다. 뛰어들어야 보인다. 시도하지 않으면 실패도 성장도 없다.

4.
쫓기듯 읽는 독서,
맞을까?

길이 책을 닮을 수 있듯, 책도 길을 닮을 수 있다.

– 『걷기의 인문학』, 리베카 솔닛

들었던 말 다시 듣는 데 서툴다. 한 번 들었던 말이란 걸 상대에게 알려 준다. 작가 마셜 B. 로젠버그 『비폭력 대화』를 읽으며 두세 번 반복해 이야기하는 사람은 대화를 나누고 싶은 심리라는 걸 알게 됐다. 추억이나 새로 알게 된 사실을 알려 주고 싶은 욕구라고 했다. 나와 대화 나누고 싶은 상대의 의중을 몰라준 것만 같아 괜히 미안했다.

빈센트 반 고흐의 『반 고흐, 영혼의 편지』를 읽으며 인생을 감탄하며 살아야겠다는 생각이 들었다. 한평생 일상을 그림에 담으려 애쓰는 작가를 보며 하루를 의미 없이 흘려보내며 살고 있는 건 아닌지 싶었다. 책을 통해 추억을 저장하며 사는 것에 대해 생각했다. 가족을 버리고 그림을 선택한 작가 서머싯 몸의 『달과 6펜스』는 고갱의 이기적이고 무책임한 모습에 분노하며 읽었다. 페이지를 넘길수록 그를 보는 시선이 변해 갔다. 17년간 꿈을 억누르며 가족을 위해 헌신한 남자의 인생이 무책임하게 가족을 버린 사람이 아닌 자신의 꿈을 찾는 한 인간으로 보였다. 평생 꿈을 포기하지 않고 살아가는 게 근사하다는 생각까지 했다. 한 번뿐인 인생, 모든 걸 다 포기하더라도 몰입하고 싶은 대상이 나에겐 있나 자문했다.

리베카 솔닛의 『걷기의 인문학』을 읽을 때는 인간은 결국 죽는 날까지 자아를 찾기 위해 발버둥 치는 존재라는 걸 배웠다. 마흔 넘도록 한 번도 해 본 적 없는 질문을 독서 덕분에 했다. 작가 리베카 솔닛처럼 생각 정리가 필요하거나, 떨쳐 내고 싶을 때 걷는다. 작가의 말처럼 고뇌는 인간을 걷게 하는 원동력이다.

책을 처음 읽을 땐 집중 안 되고, 재미없고, 복잡한 인물 구조를 이해할 수 없어 고생했다. 인생의 깨달음을 얻고, 몰입 잘되는 책을 만나는 건 잡초에서 네잎클로버 찾는 것만큼 어려웠다. 2021년 철학자 김진영의 『상처로 숨쉬는 법』을 읽을 때였다. 아도르노 철학 강의록을 묶은 유고집으로 첫 장을 펼치자마자 당황했다. 아도르노가 철학, 해석학적 변주, 미니아 모랄리아 등 생소한 단어로 무슨 소린지 통 알아들을 수 없었기 때문이다. 자세히 알아보지도 않고 무턱대고 읽는 모임을 신청한 걸 후회했다. 그래도 이왕 시작했으니 매일 정해진 분량을 따라 읽었다. 이해 안 되고, 집중 안 돼도 무작정 읽었다. 2주 차쯤 접어드니 처음보다는 눈에 들어왔다. 스며들 듯 조금씩 책에 빠져드는 경험을 했다. 처음의 마음은 온데간데없었다. 끝까지 읽어 낸 자신이 대견하고 신청하길 잘했다는 생각뿐이었다.

미국 흑인 문학의 상징적 인물이자 흑인 여성 최초로 노벨문학상을 수상한 작가 토니 모리슨. 그녀의『보이지 않는 잉크』는 생전의 연설, 강연, 산문을 묶은 첫 산문집이다. 흑인 여성의 눈으로 바라본 인종차별과 남녀 갈등, 신자유주의와 세계화의 위험, 문학과 교육에 관해 처음 접해 봤다. 배경지식이 없어 초반은 진도가 나가지 않았다. 2023년 겨울, 강유원 고전 시리즈 중『철학 고전 강의』도 낯선 용어와 해석이 눈에 들어오지 않아 고생한 책이다. 매일 읽는 게 곤욕이 따로 없었다. 글자 따라가기에 바빴다. 지금껏 말한 책에는 공통점이 있다. 혼자선 완독에 성공하지 못했을 게 분명하다는 것이다. 눈으로 좇을지언정 함께하니 조금씩 익숙해지고 결승선에 도착할 수 있었다. 낯선 분야의 독서 경험이 쌓일수록 노하우도 생겼다.

애쓰며 읽는 게 맞는지, 좋아하는 책 위주로 읽는 게 좋을지 고민이 들었다. 중도에 포기하고 싶은 책도 많았다. 완독에 실패한다고 뭐라 할 사람도 없었다. 다시 책을 골라도 되고, 멈추거나 읽고 싶을 때 시작해도 된다. 모든 책을 끝까지 읽어야 하는 건 아니다. 그러나, 생각과 달리 한 번 펼치면 덮는 게 쉽지 않다. 마치 실패한 사람이라도 된 것만 같다. 과감히 덮는 데도 용기가 필요하다. 배우고 싶고, 나를 알고 싶어 책을 읽는다. 사람은 쉽고, 재미있는 것에 이끌린다. 책도 흥미 있어야 관심이 가는 법이다. 그렇다고 매번 입맛에 맞는 장르만 골라 읽는 건 영양 과다 투입과 같다고 생각한다. 몸에 좋은 약이 쓰고, 다양한 영양분을 골고루 먹어야 건강하듯 다양한 장르 읽기가 필요하다고 생각한다.

처음 만난 사람과 친해지기까지 시간이 필요하듯 책과도 마찬가지다. 어느 책이든 지루하고 이해 안 되고 정체되는 순간이 있다. 매일 분량 정해 놓기, 사람들 안에서 함께 읽기, 나만의 잠금장치를 걸어두고 읽기 등 책과 친해질 자기만의 방법이 필요하다.

매월 다양한 장르를 읽으려고 노력한다. 평소 생각해 보지 않은 주제를 통해 생각의 범위를 넓혀 가고 싶다. 장르를 확장해야 오래 읽을 수도 있다. 매일 한 가지 음식만 먹으면 질리듯 새로운 주제는 독서 입맛을 돋운다.

들었던 말 다시 듣는 걸 힘들어하던 나는 재독도 어려웠다. 그런 날 재독에 눈뜨게 한 건 독서 모임이었다. 함께 읽기로 선정된 책이 이미 읽은 책이라 어쩔 수 없었다. 그런데, 이게 무슨 일이람! 내가 읽은 그 책이 아니었다. 전혀 다르게 다가오는 내용에 놀랐다. 그제야 독서가

들이 재독을 강조하는 이유가 납득이 갔다. 이후 3년, 9년 전 책들을 꺼내 다시 읽기 시작했다. 재독의 매력에 눈을 뜬 것이다. 독서 전문 가들은 한 번 읽는 건 독서가 아니라고들 말한다. 어렵게 재독에 성공하니 삼 독, 사 독도 거뜬했다. 한 번 읽은 걸 독서의 끝이라고 생각하는 건 어리석다는 걸 6년 만에 깨달았다.

지금 아니면 다음에도 안 읽을 걸 알기에 어렵고 낯선 책도 포기하지 않는다. 처음부터 책에 깊게 빠져들긴 어렵다. 작가의 스타일을 이해하는 데 시간이 필요하다.

퇴근 후 침대에 누워 핸드폰 열어 드라마 보고 싶은 충동을 참는다. 허리 꼿꼿이 세우고 책상에 앉아 책을 편다. 꾸벅꾸벅 졸아도 그날 분량은 끝낸다. 출근하는 버스에서, 손님 없는 매표소 안에서, 자다 깨다 반복하는 책상에서. 6년간 무식하게 들이대며 책 탑을 쌓아 올렸다.

쫓기듯 읽는 게 맞는지 고민했다면 지금까지 오지 못했을 거다. 독서가가 아닌 한때 읽었던 사람으로 남지 않았을까? 무엇이든 내 것으로 만들기 위한 무식하게 들이대는 시간이 필요하다. 옆에서 아무리 좋은 비법이라며 알려 줘도 자신이 느끼지 못하면 말짱 꽝이다. 방법은 하나! 직접 부딪치고 이겨 내 봐야 알 수 있다. 책과 친구가 되는 순간, 이해되지 않던 문장이 나에게 다가온다. 사색과 질문이라는 귀한 선물을 내어 준다. 무식하게 들이댈수록 책은 내 것이 된다.

독서가 주는 즐거움

5.
책 목록이 쌓일수록
삶은 분명해진다

독서는 모든 지혜의 기초다.

-『소크라테스의 대화록』, 플라톤

뚜렷한 독서 취향이라는 게 없었다. 많은 사람의 선택을 받은 책을 베스트셀러라고 한다. 교훈을 주거나, 흥미를 주는 재미가 보장됐다는 뜻이기도 하다. 독서 초반, 나만의 선정 기준이 없어 유행하는 책 위주로 읽었다. 흥미는커녕 중간 정도 읽다 대부분 포기했다. 이상했다. 나만 인기 있는 책을 이해하지 못하는 것 같아 대놓고 말하기 부끄러웠다. 자신만의 기준으로 책 선택을 하는 사람들을 보면 부러웠다. 남이 대신 골라 주는 책 말고, 내가 선정한 책으로 책을 읽고 싶었다.

무엇보다 독서 경험을 쌓는 게 먼저였다. 다양한 장르를 접해 내게 맞는 취향을 찾으려 노력했다. 처음엔 문학상 수상 작품 도서나 모임

은정 씨의 수상한 독서모임

에서 선정한 책 위주로 읽었다. 점차 확장해 소설과 시, 자기 계발 분야 책을 둘러보며 선택해 나갔다. 도서관에 머물며 무작정 이끌리는 제목의 책을 살펴보며 취향 찾기 여정을 즐겼다.

한 번은 독서가들의 책 탐색 방법이 궁금해 찾아봤다. 선호하는 작가, 출판사의 신간을 주의 깊게 살펴본다는 걸 알게 됐다. 문학 잡지나 서평을 통해 문학계의 동향이나 추세를 파악하고 주목할 만한 작품을 찾기도 한다고 했다. 문학상 수상작은 수준 높은 작품들을 대표하는 경우가 많다. 문학평론가, 전문 서평가들이 어떤 책을 추천하는지 관심 있게 봤다.

요즘은 수용하려는 마음으로 책을 선택하는 편이다. 선정을 위해 정보를 조사하는 곳은 주로 도서관이나 유튜브, 기사다. 나와 결이 맞는 유튜버를 알아 두면 모임 책 선정에도 도움이 된다. 자료 조사를 위해 잠들기 전 책 추천 영상을 종종 본다. 대신 추천이라는 말 한마디에 잠이 싹 달아나는 단점이 있다. 조심할 건, 추천 도서가 매번 백발백중인 건 아니다. 영상에서 말한 정도의 감동을 못 느낄 때도 있었다. 추천자의 관심사가 나와 다르거나, 나의 독서력이 문제거나 둘 중 하나다.

몇 년 전 겨울, 평소 즐겨 보던 영상에서 철학 책을 추천했다. 한껏 들뜬 목소리로 감동과 감탄을 쏟아내는 말에 바로 사서 읽기 시작했다. 기대와 달랐다. 집중이 안 돼 절반도 못 읽고 덮어 버렸다. 다른 사람 좋다고 나에게도 무조건 맞는 건 아니었다. 6년의 독서는 내게 취향을 남겼다. 출간을 기다리는 작가, 계절마다 읽는 나만의 장르가 생겼다.

목록 관리는 두 가지 방식을 이용한다. 첫째, 읽은 책은 엑셀로 정리한다. 완독한 책의 장르 평점, 짧은 메모를 함께 기록한다. 독서 앱도 사용한다. 같은 일을 두 번 하는 이유는 독서 앱은 출간 연도와 출판사 등 정보를 쉽게 확인할 수 있어서다. 책 달력 기능이 있어 한 달간 읽은 책을 시각화에도 좋다. 몇 년 전, 한 해 마무리하며 읽은 책을 정리하려니 블로그, 핸드폰 사진첩, 독서 노트 등 자료가 중구난방으로 흩어져 정리가 어려웠다. 앱은 1년 기준 총독서량, 매월 독서 권수, 장르별·작가별 독서 권수 등 현황 집계를 할 수 있어 편하다. 처음 의욕과 달리 시간이 지날수록 잘 안 열어 봤다. 관리를 위해 이것저것 선택하는 게 번거로웠다. 정리를 두고 고민한 끝에 한눈에 보기 쉽고 자료 집계까지 가능한 엑셀을 쓰게 됐다.

둘째, 핸드폰 캡처다. 영상이나 기사를 통해 읽고 싶은 책을 발견하면 캡처해 둔다. 핸드폰 폴더 이름을 읽을 책으로 바꿔 차곡차곡 모아둔다. 유용하게 사용할 수 있는 곳은 도서관과 서점이다. 엑셀이나 앱보다 쉽게 찾을 수 있다. 특히, 갑자기 들른 도서관에서 핸드폰 캡처 파일을 열어 책을 찾고 파일을 삭제하면 되니 이보다 좋을 수 없다.

블로그에 책 리뷰를 남기는데 나만의 도서관이라고 생각하기 때문이다. 무엇보다 접근성이 탁월하다. 밤에 자다 깨거나 버스정류장에서 한 편 꺼내 읽기 좋다. 그때 느꼈던 생각과 책의 명문장을 다시 들여다보곤 한다. 책 출간하며 도움이 컸다. 책 리뷰에 생각과 경험이 고스란히 담겨 있어 과거 추억을 쉽게 끄집어낼 수 있었다. 독서 성향을 알기 위해서도 자료는 중요하다. 취향의 변화라든지, 그해 자신의 관심사 같은 정보가 가득하다. 그뿐인가! 독서 목표량을 정해 나태해지려는 마음을 붙잡기에도 도움이 된다. 목표를 거창하게 잡기보다 매주 1권 읽고, 블로그 정리처럼 할 수 있는 계획을 세운다.

취향도 생기고, 책 선정 기준도 잡히니 읽은 책 목록 작성하는 재미가 있었다. 2024년, 1년간 읽을 목록을 만들어 인문학 모임을 새로 개설했다.

어릴 적 엄마는 유독 청소에 집착하셨다. 과장 조금 보태 손에 걸레를 쥐고 사셨다. 크지도 않은 집을 왜 그리 쓸고 닦느라 바쁜지 이해할 수 없었다. 내 눈에 더 치울 것 없어 보여도 엄마는 늘 누가 보면 흉보겠다고 하셨다. 손님이 올 것도 아닌데, 누군가를 신경 쓰며 청소하는 게 이해되지 않았다.

20~30대 외모에 자신 없었다. 어릴 적 수없이 들은 '누가 볼까.'라는 말은 타인의 시선으로부터 나를 자유롭게 두지 않았다. 대학 시절, 한 친구가 했던 "거울 보며 예쁘다고 생각하는 건 아니지?"라는 말이

결정타였다. 농담인지 진담인지 모를 그 말에 자존감이 바닥을 향했다. 그 후 타인을 더욱 의식하게 되었다. 나 자신이 못났다고 생각했고, 타인의 시선에 갇혀 살기 시작했다. 결혼해도 나아지진 않았다. 회사에서 받은 보너스로 고가의 화장품과 피부과 시술을 받았다. 받을 때만 잠깐 좋아도 상관없었다. 얼굴에 광이 돌아야 자존감에 빛이 났다. 마치 깨진 독에 물 붓는 것 같은 삶이었다. 모두 자기 삶을 사느라 타인에게 큰 관심이 없다는 걸 그때는 몰랐다. 예쁘게 꾸미면 마음도 따라오는 줄 알았다.

독서를 시작하며 모르는 사이 있는 그대로 나를 좋아하고 받아들이게 되었다. 처음엔 책에 집중하느라 타인의 시선으로부터 자유로워진 걸 몰랐다. 어느 날, 다른 때 같으면 신경 쓸 일을 대수롭지 않게 넘기는 게 아닌가. 책을 통해 달라졌다는 걸 알았다. 독서하며 내 안의 '나'를 만나고, 꺼냈기 때문이었다. 타인의 눈이 아닌, 내 눈으로 나를 응시할 수 있었다.

책 목록이 쌓일수록 삶은 분명해졌다. 계절과 작가, 장르 등 나만의 취향이 생기고, 무엇을 좋아하고 잘하는지 선명해졌다. 분명할수록 원하는 삶의 방향도 선명했다. 책 목록은 나만의 인생 지도다. 삶의 시련과 실패에 직면할 때 책 지도를 보며 나아갈 길을 찾으면 된다. 인생 지도는 아낌없이 주는 책들 속에 있다.

6.
어린이처럼
즐거운 독서를 꿈꾼다

성장은 고통의 산물을 통해 이루어진다.

– 『차라투스트라는 이렇게 말했다』, 프리드리히 니체

 결혼 후 주말마다 짐을 쌌다. 허니문 베이비로 신혼 없이 첫 아이를 낳았다. 서울 시부모님께 아이를 맡기고 매주 금요일이면 퇴근 후 서울로 갔다. 3년 6개월을 금요일이면 시댁으로 올라가 일요일에 내려왔다. 내려오는 날 저녁이면 아이도 나도 울었다. 둘째는 광주 친정에 맡겼다. 평일은 직장 일과 큰아이 돌보고, 광주를 오가는 삶을 살았다. 고생한다며 한 번씩 친정엄마가 4개월 된 손녀를 안고 고속버스 타고 올라오기도 했다. 일요일에 아이를 안고 버스에 올라타는 엄마의 뒷모습이 아직도 잊히지 않는다.
 둘째는 생후 7개월에 데려와 어린이집에 보냈다. 출근길, 큰아이는 유치원으로 둘째는 어린이집으로 뛰어다니니 늘 땀에 젖어 있었다. 유치원 선생님보다 먼저 원 앞에 도착해 대기하다 저 멀리 출근하시는 선생님이 보이면 후다닥 아이 손을 건네고 정신없이 회사로 향하기 바빴다. 셋째도 1년간 친정에 맡겼다. 세 아이 낳고 키우는 사이 나는 짐 싸는 선수가 되어 있었다. 막내아들 돌쯤 드디어 다섯 식구가 한 집에 모여 살았다. 그러나 막내는 형, 누나 사이에 끼지 못했다. 갓 돌 지난 아이는 등 돌리고 혼자 장난감을 가지고 놀았다. 친정엄마는 그 모습이 떠올라 지금도 마음이 아프다고 하신다. 드디어 서울과 광주를 오가는 삶에서 벗어나나 싶었는데 주말부부를 시작했다. 매주 싼 짐가방처럼, 인생도 정착하지 못하고 나부끼는 듯했다. 학창 시절은 꿈 없이 흘려보내고 직장 생활과 출산, 육아로 내 인생은 시간에 끌려다녔다. 언젠가 TV에서 나온 강사가 끌려가는 인생을 살지 말라고 말했다. 그때는 그 말이 무엇을 뜻하는지 이해가 안 됐다. 살아 있으니 살 뿐 어떻게 살아야 하는지 알지 못했다.

6년 전 그 밤, 책 읽을 결심을 하지 않았다면 내 인생은 지금도 똑같은 모습이었을 것이다. 아이들이 크니 나만의 시간이 생긴다. 읽고 쓰는 삶은 내게 없었을 거다. 직장 다니고 집안일만 하며 인생을 낭비하며 살았을 걸 생각하면 아찔하다. 시간 관리 방법을 고민하고, 방법을 찾으려 애썼기에 월평균 5~7권 독서 중이다. 2019년 1년간 매주 한 권 읽기 프로그램을 완주한 게 컸다. 철학, 관계, 글쓰기, 성장, 습관까지 장르의 벽을 허물려고 노력한 게 꾸준히 할 수 있는 동력이었다. 서평 쓰기를 배우며 1년간 소설과 그림책을 읽으며 흥미로운 설정과 현실에서 벗어나 새로운 세계를 경험했다. 다양한 인간 군상을 통해 관계를 이해하고, 나와 다른 감정을 간접적으로나마 느껴 볼 수 있었다. 요즘은 독서와 글쓰기, 문장 구조 필사에 집중 중이다. 특히, 필사를 꾸준히 하려고 한다. 문장 강화 훈련이라는 프로그램에 들어가 필사했다. 매일 강사가 낱낱이 구조를 파악한 단락을 보내면 필사하는 식이다. 꾸준히 하면 문장 훈련이 될 줄 알았다. 그러나, 할수록 내 것이란 느낌이 들지 않았다. 몇 달을 해도 숙제 같은 기분만 들었다. 하던 걸 멈추고 2023년 겨울부터 중학교 1학년 국어 교과서 수필을 모아둔 교재를 전체 필사에 들어갔다. 노트에 기록하는 손 필사 대신 훈민정음에 똑같이 베껴 쓰는 디지털 필사였다. 방법은 간단하다. 처음엔 한 작품을 가볍게 훑어본다. 다음엔 주장을 뒷받침하는 근거는 무엇이고, 몇 번의 경험을 얘기했는지, 작가가 말하는 바는 무엇인지 연필로 표시하며 읽었다. 생소한 단어가 나오면 형광펜으로 색칠했다. 문장 구조 파악이 끝나면 작품 전체를 한글 프로그램에 옮겨 적었다. 3개월 걸려 한 권 끝내니 한 편의 글이 어떻게 구성되는지 이해되었다. 멈출 수 없다는 생각에 칼럼으로 눈을 돌렸다. 일주일간 하나의 칼럼을 정해 연습했다. 방법은 조금 달랐다. 단락마다 생각하기에 중요해 보이는 문장에 밑줄 긋고, 내용을 요약했다. 칼럼을 다 읽고 나서는 두 가지를 실습했다. 첫째는, 밑줄 그은 문장만 따로 필사했다. A4 크기 3~4매에 달하는 긴 양이 단 몇 줄로 줄었는데 내용이 어색하지 않았다. 신기하게 한편의 글이 되었다. 두 번째는, 짧게 만든 문장을 내 문장으로 바꿔 보기다. 전체를 바꾸는 건 무리다. 읽으며 몇 개 문장만 뽑아 명사나 동사를 다르게 수정했다. 바꾼 문장에 맞게 뒤 문장을 완성하면 된다. 문장 강화 필사가 겉도는 느낌이 든 이유를 국어 교과서 필사와 칼럼 분석을 해보니 알 것 같았다. 내가 직접 밥과 어울릴 반찬도 골라 떠먹어야 한다. 과거 방식은 열심히 따라 해도 남이 떠준 밥에 불과했다. 아무리 훌륭하게 문장 분석을 해 줘도 자신이 직접 하지 않으면 효과 없다. 분석법에 정답은 없다. 중요 문장이 맞나 고민할 필요도 없다. 내 생각대로 이렇게 저렇게 해 보는 거다. 다른 사람에게 보여 줄 필요 없으니 편한 마음으로 하면 된다. 단 하나! 한편의 글을 재밌게 가지고 놀 생각이면 충분하다.

몇 년 전까지 음악 경연 대회를 끝까지 보게 한 동력은 팬심이었다. 내가 점 찍은 가수가 우승하길 바라며 매 라운드를 지켜봤다. 낮은 점수를 받으면 속상했고, 잘되면 덩달아 신났다. 경쟁에서 살아남기 위해 치열하게 싸우는 모습이 안쓰럽기만 했다. 시간이 흘러 서바이벌 프로그램을 보는 내 시선이 달라졌다.

"저 가수는 이 과정을 통해 얼마나 큰 성장을 이룰까!"

참여자 모두에게 경연 대회 경험이 성장의 발판이 될 것이다. 라운드가 진행될수록 시청자는 그들이 자신의 한계를 뛰어넘는 모습을 본다. 성장해 가는 모습은 깊은 울림을 주고 삶의 동기부여를 준다. 문득, 나의 시선이 바뀐 이유가 궁금했다. 자신감 상승과 자기 계발 시작이 이유였다. 더 깊은 곳엔 꾸준한 독서가 있었다. 읽고, 블로그에 글 쓰고, 책 출간 작업의 모든 행위가 자신감을 상승시켰다. 서바이벌 프로그램의 가수는 라운드가 거듭될수록 자신의 가치를 발견해 간다. 처음 출연할 때만 해도 대부분 기운 없고, 나약하고 확신 없는 모습이었다. 그러나 점점 자신감 넘치는 모습으로 바뀐다. 끝없는 연습이 있었기에 가능한 결과라고 생각한다. 글쓰기에서 시작해 브런치 작가, 책 출간까지 다양하게 연결됐다. 쉽지 않은 여정이었지만, 과정을 지날수록 자신감이 생겼다. 개그맨, 사업가, 작가, 지독한 독서가로 알려진 고명환은 『나는 어떻게 삶의 해답을 찾는가』에서 독서 단계를 낙타, 사자, 어린이로 나눈다. 낙타 단계는 책을 읽어야 하는 건 알지만, 어떤 책을 골라야 할지 모른다. 나는 읽을 책 목록을 계획해서 읽으니 낙타 단계는 넘어선 것 같다. 다음, 사자 단계는 스스로 자신의 목적지를 정하고, 길을 개척해 간다. 나는 사자에 와 있는 것 같다. 최종 목표는 분량에 집착하지 않고 종일 의미를 생각하며 자신만의 철학을 갖고 있는 어린이 단계다. 과거의 나는 책 한 권도 안 읽던 사람이었다. 그러나, 묵묵히 하니 낙타 단계가 되었고, 바쁜 일상에서도 틈새 시간을 활용해 책을 놓지 않으니, 지금은 사자 단계에 도착했다. 나만의 속도로 묵묵히 나아가면 언젠가 어린이 단계에 도달하리라 믿는다.

　나만의 독서 철학을 세우고 싶다. 최종 목적지는 책 속에서 어린이처럼 해맑고 즐기는 독서가이다. 오늘도 사냥감을 찾아 어슬렁거리는 사자처럼 읽을 책을 찾아 기웃거린다. 아침이라 눈을 뜨고 살아야 하는 수동적 삶이 아니다. 책을 펴고 오늘을, 미래를 계획한다. 수동적 삶에서 벗어나니 깨달음과 희열은 덤으로 찾아왔다. 마냥 신난 어린이처럼 책 속에서 인생을 즐기며 살고 싶다.

즐기는 사람들

7.
은정 씨에게
독서 모임이란?

사람은 자기가 믿는 대로 된다.

– 〈올드보이〉

　온라인 서점에 들어가니 '올해의 책' 화면이 떴다. 인기 책 순위를 보니 한 해가 저물어 가는 게 실감 났다. 블로그에 접속하니 디지털 세상도 한 해 정리로 한창이었다. 그동안 쓴 기록을 토대로 자신에게 맞는 직업군을 찾아 주는 이벤트였다. 참신한 아이디어에 참여 버튼을 눌렀다. 1년간 내가 쓴 글을 자세히 분석해 조회 수 높은 주제와 글 작성이 많은 요일과 시간까지 알려 준다. 내 블로그는 문학과 책을 주제로 한 탐색을 많이 하는 '셜록 홈즈'라고 한다. 탐정이라니. 괜히 어깨가 으쓱했다. 눈길을 끈 건 내 글에 많은 공감을 해 준 이웃 정보였다. 1년간 내 글에 공감을 많이 해 준 이웃이라니. 한 번도 생각해 본 적 없는 결과를 마주하려니 가슴이 두근거렸다.

총 세 명 중 한 명은 '나'였다. 글 쓰고 나서 잘했다는 의미로 하트를 눌렀더니 나온 결과다. 1년간 나 자신을 응원해 줬다는 생각에 뿌듯했다. 다음은 독서 모임의 선희였다. 이름을 보는 순간, 눈물이 핑 돌았다. 2년간 쉬고 다시 블로그를 시작하려니 두려웠다. 뒤늦게 다시 시작해 꾸준히 쓸 각오로 매주 정기 에세이도 발행했다. 빈약하기 짝이 없는 수준에, 아직도 일기 수준에서 벗어나지 못한 것 같아 위축되고 자신감이 바닥을 쳤다. 그 시점에 선희는 매일 내 블로그에 와서 '좋아요'를 누르고, 응원의 말을 남겼다. 멋지다거나 이 책에 이렇게 깊은 의도가 담긴 줄 몰랐다거나, 군더더기 없이 단아한 글이란 그녀의 평은 나를 일으켜 세워 줬다. 매일 지인과 손 편지를 주고받는 기분을 느끼며 글을 썼다. 그녀의 용기와 응원이 무기가 되었다.

한번은 멤버들에게 모임에 기대하는 것에 관해 물었다. '딩동' 문자가 도착했다. 온통 내가 잘되길 바라는 내용들이었다. 한두 문장 읽을 땐, 모임에 기대하는 바를 써 달라고 했는데, 잘못 이해했구나 싶었다. 아래로 읽어 가는데 생각의 틀을 깨고, 자유롭게 생각을 나눌 수 있어 좋다고. 이 모임에서 하는 프로그램은 뭐든 따라갈 준비가 되어 있다고 했다. 누군가의 무한 신뢰와 응원은 나를 성장시켰다.

어른이 되니 일로 만나 사적 만남으로까지 발전하는 경우가 흔치 않다. 워킹 맘이라 집안일과 육아로 퇴근하기 바빠서 시간 맞추기 힘들다. 대신, 출산과 육아라는 공통된 키워드로 빠르게 친해진다. 점점 공적 친밀감을 넘어 사적 만남으로 발전하기 어려운데 운 좋게 그런 사람 몇을 곁에 두었다. 정기적으로 안부를 묻고 만나서 가볍게 술도 한잔 마신다. 업무적으로 친해진 탓에 무슨 말을 해도 척하면 척하고 손발이 잘 맞는다. 서로 다른 나이임에도 단짝 친구처럼 잘 통한다. 유쾌하게 웃고 나면 직장에서 받은 스트레스로 답답하던 속이 풀린다.

한 시절 함께한 시절 인연도 있다. 이사 후 다양한 경험을 통해 맺어진 관계들이다. 가끔 연락을 취해 목소리를 듣는 사람도 있고, 메시지로 안부만 전하는 이도 있다. 따로 연락을 주고받는 사이가 아니라도 시절의 풍경을 함께했다는 추억만으로 힘이 된다. 인생의 여정에서 우연히 만난 사람들은 내게 크고 작은 영향들을 주었다. 그들과 함께한 순간은 시간과 함께 지워졌지만, 추억으로 남아 나와 함께했다.

작년 11월, 초고 작업 중에 온라인에서 만난 글벗의 부고 소식을 들었다. 큰 충격에 일이 손에 안 잡혔다. 어떤 것도 집중할 수 없었다. 글벗은 예순 중반에 하늘의 별이 되었다. 직접 만난 적은 없고 4년간 온라인으로만 봤다. 운전하다 건널목을 건너는 어르신의 모습에, 외출하는 버스 안 차창 밖 휑한 겨울나무에 울컥했다. 마음이 아리고 쓰렸다. 슬픔이 가시지 않고, 푹 가라앉은 기분은 나아질 기미가 없어 보였다.

부고 소식을 받던 날, 다른 모임 방에서 요즘 부고를 가장한 문자 사기가 기승이라고 했다. 사기 문자 기승이라는 말에 혹시나 하고 받은 부고 카톡을 몇 번을 다시 봤는지 모르겠다. 제발 사기이길. 지금도 마음 한편에선 부조금 날려도 좋으니 사기이길 바라는 마음이 크다. 실제로 만나진 않았어도 글로 만나서인지 깊은 정이 쌓여 있었다. 얼마나 오래 알았고, 몇 번을 만났는지는 중요치 않았다. 이번 일을 겪으며 알게 됐다. 시간과 형태는 우정의 깊이에 크게 작용하지 않는다는 걸. 글로 쌓인 우정은 촘촘한 그물로 엮인 사이인 것도. 글로 만난 사이이니 글로 추모해야겠다는 생각이 들었다. 일상의 사유 글쓰기를 시작한 '브런치 스토리'가 떠올랐다. 그녀와의 만남부터 글 벗 활동 이야기를 담아 한 편의 애도 일기를 썼다. 그녀의 글에는 유독 딸에 대한 미안한 마음이 많이 담겼다. 특히, 소설『작은 아씨들』속 엄마처럼 다정하지 못한 과거를 후회했다. 그 모습이 생각나 두 손에 하얀 국화꽃을 든 이미지로 추모 카드도 만들어 SNS에 올렸더니, 예전 함께한 글벗들이 알고선 슬픔을 나눠 주었다. 글로 그녀를 추억하고, 우리만의 댓글이라는 방식으로 추모하고 나니 마음이 한결 나았다.

독서 모임에 서툴던 나는 사람들을 잠시 스치는 인연으로 생각했다. 마음의 선을 긋고 시절 인연으로 분류했다. 일하듯 책임감으로 모임을 운영한 탓에 "저 좀 힘들어요."라는 말도 꺼내지 못했다. 멀리서 오는 사람도 있는데 실망을 끼쳐선 안 된다는 생각뿐이었다. 운영할 수록 부담이 커져만 갔고, 혼자만 애태우는 것 같아 속상했다. 그러나, 다양한 프로그램을 하고 만나는 횟수가 거듭될수록 그들의 진정성을 느낄 수 있었다. 전과 달리 일처럼 모임을 이끌지 않고, 사람들도 편해졌다. 지금은 모임 준비나 운영에 잔뜩 힘을 주지 않는다. 힘들면 솔직히 내 마음을 꺼낸다.

삶이라는 여정에서 만난 사람들은 나를 성장시켰다. 한 사람 한 사람 잊을 수 없는 추억으로 존재한다. 단순히 스치는 인연이 아니라, 필요한 순간 내 앞에 나타났다는 생각이 든다. 사람 인연은 그 누구도 알지 못한다. 혹여, 인연이 지속될 수도 그렇지 않을 수도 있다. 그 또한 개의치 않는다. 함께하는 지금, 이 순간에 충실할 뿐이다. 서로에게 힘이 되는 존재를 만난다는 것은 큰 행운이다. 특히, 지적인 대화를 나눌 수 있는 독서 모임은 나에게 그런 행운과도 같다. 책을 탐닉하며 함께 나눌 수 있는 친구들이 곁에 있어 더욱 특별하다.

지적 대화의 즐거움

8.
모임원들의 이야기

꿈은 삶의 불빛이 된다.

– 버락 오바마

한 번은 모임에서 서로에 대해 떠오르는 키워드에 관한 이야기를 나눴다. 사람들은 나를 어떤 단어로 떠올릴지 궁금했다. '책, 작가, 자전거 바퀴'라는 게 아닌가. 책과 작가는 예상한 단어였는데, 자전거 바퀴라니 예상치 못한 말이었다. 이유를 묻자, 늘 앞으로 나아가고 주위 사람에게 영향을 주기 때문에 전환점이자 멈추지 않는 자전거 바퀴가 생각난단다. 이번 책을 준비하여 사람들에게 우리 모임에 관해 물었다. 그들의 글을 통해 나만 이곳에 남다른 애정을 둔 게 아니라는 걸 느꼈다. 사람들에게 도움이 되는 사람이고 싶었다. 그런 인생에 한 발 다가선 것 같은 기분이다.

우리 모임에 대한 모임원들의 생각으로 내용 중 일부만 책에 담았다.

<차분한 막내, 보람>

아무 연고도 없는 영종도로 발령받고 나서 한동안 회사에 적응하기 위한 시간을 보냈습니다. 회사 내 관사에서 거주하다 보니 퇴근하고 무의미하게 보내는 시간이 많았습니다. 문득 하루를 가치 있게 보내야겠다고 생각했습니다. 인터넷에 영종도 내에서 활동하는 독서 모임을 찾아보았고, 감성 살롱 블로그를 발견했습니다. 그냥 책 읽고 토론하는 모임과는 다르게 다양한 프로그램을 운영하고 있었고 그래서 더 끌렸습니다. 감성 살롱의 가장 좋은 점은 다양한 활동을 함께 하는 것이었습니다. 오프라인 모임 때 명화 글쓰기는 평소 하지 않았던 글쓰기에 대한 막연한 두려움의 장벽을 허물고 흥미를 끌어올리는 계기가 되었습니다. 온라인으로 진행된 프로그램 중에서 캘리그라피, 시집 필사는 새로운 도전이었습니다. 혼자서는 힘들었겠지만 함께하기에 재미있게 참여했습니다. 미숙한 부분이 많았지만, 감성 살롱 구성원분들의 칭찬으로 자신감을 얻었습니다. 반복되는 활동은 다소 지루하게 느껴 금방 질릴 수 있는데, 감성 살롱은 1년 동안 여러 가지 활동이 계획되어 있으므로 다음 프로그램을 손꼽아 기다리게 됩니다.

감성 살롱에 들어온 지 얼마 안 되지만, 참여한 모든 프로그램은 저에게 좋은 경험이었고 너무 즐거웠습니다. 하나를 꼽으라고 한다면 온라인으로 진행했던 '함께 책 읽기'를 고르고 싶습니다. 감성 살롱에서 '함께 책 읽기'는 제가 잘 읽지 않았던 분야의 책이라 처음에 걱정되었으나, 참여해 보니 매일 책을 읽고 각자 짧게 의견을 공유하기에 새로운 관점과 시각을 고찰할 계기가 되어 좋았습니다. 오프라인에서 깊게 그 책에 대해 서로 이야기 나누었을 때 내가 놓쳤던 부분이나 감정선을 발견하게 되어 다시 한번 책을 읽는 느낌이었습니다. 감성 살롱은 리더가 매번 끊임없는 아이디어를 바탕으로 많은 준비를 해 주었기에 부담 없이 편안하게 참여할 수 있었습니다. 구성원분들도 항상 밝고 긍정적으로 임하였고 서로를 멋지다 대단하다 칭찬 일색으로 참여하였습니다. 그렇기에 이 모임이 장기간 변치 않고 꾸준하게 활동하지 않았나 생각이 듭니다. 바람은 모임이 흘러가는 세월 속에서 그 자리 그대로 있어 주는 것입니다.

<우아한 그녀, 선희>

감성 살롱이란 이름을 짓기 전 첫 독서 모임 후기를 본 순간, '아! 이 독서 모임의 멤버가 되고 싶어. 항상 인천대교를 넘어가야 하니 여행 가는 기분으로 모임에 참석할 수 있겠어, 마음에 들어.'라고 생각했다. 왠지 틀에 박힌 독서 모임과는 결이 다를 것 같았다. 바람만큼이나 자유로울 것 같은, 틀에 얽매이지 않은 뭔가 있는 것 같았다. 모임에 참석하는 횟수가 거듭될수록 나의 기대는 어긋나지 않았다. 지금도 그러하다. 이렇

게 틀에 얽매이지 않는 다양한 모습이어서 항상 새롭다. 우리의 활동은 책을 매개로 한 것에만 한정되지 않는다. 그렇다고 책을 배제하지도 않는다. 한결같다. 매달 모임은 체계적이지만 틀에 묶여 있지 않다. 감성 살롱의 리더가 우리 모임에 가지고 있는 애정이 여실히 드러나는 부분이다. 그 짙고 깊은 애정에 나는 매달 놀라고 감탄한다. 독서 모임은 책을 통해 나를 성장시킬 수 있다. 하지만 감성 살롱은 그 이상의 의미가 있다. 나의 삶을 재정비할 수 있는 틈을 만들어 준다고 표현하는 것이 정확하다. 이런저런 활동으로 나를 좀 더 깊이 있고 선명하게 알 수 있게 한다. 안개 속에 휩싸여 실루엣만 느낄 수 있는 나를, 짐작으로 예측만으로 알 수 있던 나를 선명하고 확실하게 되짚어 볼 수 있는 활동을 하는 감성 살롱은 나를 성장시키는 통로가 되어 준다. 성장하고 성숙하며 감성 살롱 속에서 존재하는 나를 앞으로도 계속 보고 싶다.

<만능 재주꾼, 재인>

나는 이 모임이 알차고 진솔하다고 생각한다. 이 모임은 진부하지 않아서 좋았다. 생각의 틀과 자유로운 생각 나눔이 이뤄져 아이디어를 얻기도 했다. 감성 글씨로 시집 써 보기, 사진에 글 적기 등 솔직히 프로그램들이 다 좋다. 하나를 선택하기 힘들 정도로. 지금처럼 최대한 함께하려는 마음으로 따라가려 한다.

<꾸준히 성실하게, (故) 순희>

감성 살롱은 제 독서 편견을 깨는 계기를 가져다주었어요. 온라인이어서 참여할 수 있었죠. 특히, 몸이 안 좋아 투병 중이었는데 이 모임이 제겐 큰 힘이 되었어요. 혼자 읽으면 끝까지 읽어 내지 못할『스토너』같은 책을 완독할 수 있게 해 줬어요. 캘리그라피 글쓰기도 하고 매일 질문을 받고 글쓰기도 했어요. 생각해 보니 참 여러 가지 활동을 했네요. 앞으로도 다양한 활동을 계획해 주리라 믿어 의심치 않습니다. 언제까지 함께하며 생활의 활력을 얻고 싶습니다.

<따뜻한 사랑꾼, 애정>

리더의 나긋나긋하면서도 다정한 음성과 군더더기 없는 진행이 최고예요. 모두에게 귀 기울이려고 하시는 모습이 인상적이었고 감사하게 생각해요. 덕분에 소외되는 멤버가 하나도 없다고 생각해요. 책과 글쓰기가 중심이지만 융통성 있게 다양한 활동(명상, 나들이, 강의, 캘리그라피 쓰기, 젠탱글 배우기 등)도 넣어 재미가 더해지고 살아 있는 모임, 성장하는 모임 같아요. 분기별 온라인으로 책이나 필사 모임도 진행하고 있어 재미있습니다. 만나면 편안하고, 부드럽고, 부담 없으면서 내 삶을 소중히 가꾸어 가게 해 주는 모임입니다.

은정 씨의 수상한 독서모임

<정 많은 분석가, 수연>

예전부터 섬에 살아 보는 게 꿈이었다. 제주도로 내려가 살아보려 했는데 포기할 것이 많아 영종도에 살게 됐다. 연고도 없는 곳에 둥지를 틀고 사는 건 생각처럼 쉽지 않았다. 매일 밀려오는 외로움을 달래 보려 네이버에서 영종 독서 모임을 검색해 감성 살롱과 인연을 닿았다. 소설은 중학교 이후엔 손에 들어 본 적 없고 읽는 책은 오로지 주식과 부동산 경제 관련 책뿐이어서 편협한 독서 습관을 고쳐 보리라 단단히 마음을 먹고 모임에 임했다. 한 달에 한 번 모이는 모임에서 매번 새로운 책을 만난다. 책 이야기하는 멤버들의 표정이 행복해 보인다. 나도 저 책을 읽어 봐야지 하는 마음이 절로 들고, 어떤 때는 내가 그 짧은 시간에 이미 그 책을 읽은 것 같은 감동도 받는다. 모임마다 리더인 은정 님께서 준비해 오는 작은 글쓰기 주제들은 생각을 글로 옮겨 보는 기회가 되어 나에게 소중한 시간으로 다가왔다. 책뿐 아니라 작은 세미나선 각자의 영역에 해당하는 주제들로 다양한 삶의 모습을 생각해 보고 경험해 볼 수 있어서 한 달에 한 번 모인다는 것이 아쉬울 정도다.

제5장

꿈을 찾아가고 있습니다

1.
퇴직 후 비로소
나와 마주하다

모든 게 다 지나간다. 그리고 우리는 다시 일어난다.

— 〈이태원 클라쓰〉

"미쳤어? 또 가자고?"

한동안 우리는 매년 해외로 떠났다. 버는 대로 썼다. 한 살이라도 젊을 때 돌아다녀야 한다는 게 30대 인생관이었다. 가족이 많아 여행 한 번에 드는 비용은 만만치 않았지만, 이러려고 돈을 버는 거라고, 고생한 보람이 있다고 착각하며 살았다.

일상에서 벗어나고 싶어 갖은 애를 썼다. 계절 바뀌면 옷 정리는 하지도 않고 쇼핑부터 했다. 밤이면 침대에 누워 멍하니 핸드폰이나 TV 보며 시간을 보냈다. 여행을 다녀도, 계절마다 쇼핑해도 헛헛한 마음이 채워지지 않았다. 밑 빠진 독처럼 차오르기는커녕 줄어들기만 했다.

이대로 회사에서 정년퇴직을 맞이하고 싶지 않다는 생각이 들기 시작한 것은 서른 중반 무렵이었다. 한 번뿐인 인생의 청춘을 한곳에서 모두 쏟아 버리면 나중에 후회할 것 같았다. 세상에 뛰어들 힘이 남았을 때 다양한 경험을 해 보고 싶었고, 무엇보다 아이들을 위해 주말부부를 끝내야 한다는 생각이 강했다.

이십 대 중반, 직장 선배 대부분이 남자였다. 나는 그들을 찬찬히 살펴보곤 했다. 김 선배는 데이터 분석을 잘하는구나, 이 선배는 센스가 좋구나, 박 선배는 성격이 불같구나. 다른 사람들이 지닌 성격의 장, 단점과 상사와의 관계를 유심히 봤다. 돌이켜보면, 대학교 여름방학 때 백화점 알바를 하며 자연스럽게 터득한 나만의 생존전략이었다. 수많은 사람을 상대하는 일이 처음이라 빨리 요령을 터득해야 했다. 따로 교육받을 수 있는 것도 아니었기에 눈치껏 주위 사람을 통해 습득했다. 그런 경험이 직장 생활에도 고스란히 이어졌다.

어느 날부터 선배들 대화에 처음 듣는 낯선 용어가 들리기 시작했다. 관련 교육도 듣고, 시험과 프로젝트도 진행한다는 푸념의 말들이었다. 당시 삼성과 LG 등 대기업에 선풍적으로 비즈니스 혁신의 10대 경영 도구의 하나인 경영혁신 방법론 '6시그마' 바람이 불었다. 엔지니어 계열은 자격 취득이 필수라서 취득하려면 짧게는 분기, 길게는 반년 걸리는 프로젝트를 완수해야 했다. 업무하며 시험도 보고 프로젝트까지 해야 하는 선배들은 앓는 소리를 했다. 엔지니어 계열이 아닌 나랑은 무관한 일이었지만, 바로 온라인 통신교육을 샅샅이 뒤져 기본 과정을 신청했다. 다음 날, 상사가 날 불렀다. 내 분야가 아닌데도 교육을 신청한 게 의아했던 모양이었다. 신청 이유를 묻자, 공부해 보고 싶다고 말했다. 이를 좋게 본 상사는 이후 교육 과정도 해 보라고 했다. 넘기 힘든 산처럼 보이는 과정들이었지만, 알음알음 타 업종 업체에 연락해 혼자 기차 타고 가서 신규 프로세스를 배워 가며 결국, 6개월 간 프로젝트를 진행해 6시그마 자격을 취득했다.

퇴직하니 나를 설명하던 단어 대부분이 회사와 연관된 것들뿐이었다. 연봉과 직책, 하는 일로 설명되던 나는 더 이상 존재하지 않았다. 한순간 내 존재가 과거형이 돼 버린 것 같고, 다시 나를 어떻게 만들어 가야 할지 막막하기만 했다. 15년 일한 나는 없고, 세 아이 엄마, 나이 마흔, 한때 직장인이었던 게 나의 전부였다. 내 나름대로 열심히 살았다고 자부한 인생인데 나의 정체성을 나타낼 단어 하나 없다니. 사회 초년생으로 다시 돌아가 버린 것 같은 사실에 무너졌다.

이십 대 중반의 나는 꼿꼿이 안테나를 세우며 주위 사람들에게 배울 게 없나 관찰하고 내 것으로 만들려고 노력했는데, 마흔의 나는 성향 안 맞는 사람과의 만남을 시간 아깝게 생각하고 있었다. 내 시간과 에너지를 보호하기에 급급했다. 나도 모르게 언젠가부터 나는 관계와 삶에서 한계를 그으며 살고 있었다. 성격과 경험, 환경 탓을 하며 선 안에 갇혀 있었다. 선은 그을수록 안으로 파고들며 설 자리를 좁게 만든다. 범주를 정하는 순간 나는 그것만 할 줄 아는 사람이 된다. 자신의 한계를 안다는 건 말처럼 쉽지 않다. 과하게 밀어붙이면 스트레스 쌓이고, 장기적으로는 번아웃까지 올 수 있다. 반대로 하면 도전에 소극적인 사람이 된다. 나 자신을 유심히 살펴 무리와 소극의 경계를 잘 설정해 봐야겠다는 생각이 들었다.

나는 서른아홉에서야 '나'를 찾기 위한 여정을 시작했다. 무엇을 좋아하고, 잘하고, 하고 싶은 사람인지 어느 것 하나 명쾌하게 답하지 못했다. 그때, 우연히 도서관에서 책 한 권을 발견했다. 고전 평론가 고미숙의 『조선에서 백수로 살기』로 도대체 어떻게 살아가야 하는지 답을 얻고 싶었다. 백수를 백 권의 고전을 읽는 수행자로 정의하는 책 속 문장을 보고 뒤통수라도 한 대 얻어맞은 듯했다. 퇴직자가 되어 의기소침해 있던 찰나, 배우는 수행자라는 관점으로 날 바라보니 상황이 달라 보였다. 불안하다고 말할 시간에 책 한 권 더 읽어야겠다 싶었다. 행동은 안 하면서 나를 무엇으로 설명할지만 고민만 하고 있었다. 잡념을 털어 내고 당장 할 수 있는 것에 집중했다. 이해 안 되고, 재미없고, 도중에 덮는 책을 만나도 무작정 읽었다. 배우는 수행자처럼 책에서 얻을 게 무엇인지 고민하고 좋은 문장을 따라 썼다. 직장 생활 15년 하고 퇴직하니 사무실 일은 쳐다보기 싫었다. 내성적인 성격에 맞지 않게 서비스직을 해 보고 싶었다. 한 살이라도 젊을 때 생동감 넘치는 현장을 경험해 보고 싶었고, 상하 수직 관계나 결제 시스템, 하루 8시간 컴퓨터 작업이 지겨웠다. 인천 공항에서 할 만할 일을 알아봤다. 새벽 첫차를 타야 해서 4시에 일어났는데도 유니폼 입고 매일 다른 사람을 상대하는 게 삶에 활력을 주었다. 낯선 분야에서 살아냈다는 값진 경험을 했다. 공항, 학원 그리고 학교까지. 내가 과연 할 수 있을지라는 의구심은 나도 할 수 있다는 자신감으로 바뀌었다.

퇴직 후 비로소 나와 마주했다. 남을 의식하며 살았다. 학창 시절엔 저 친구보다 높은 점수를 받고자 공부에 매진했고, 사회에서는 동료보다 빠른 승진을 위해 자신을 내몰았다. 남이 나에게 붙여 준 이름표를 의식하며 살았다. 그것이 때로는 촉매제가 되었지만, 진정한 삶의 가치와 의미를 찾게 도와주진 않았다. 마음 한구석이 뻥 뚫린 듯 허전했다. 삶의 의미가 무엇인지, 나를 중심에 두고 살고 있는지, 남에게 어떻게 비칠지 신경 쓰며 인생을 허비하는 건 아닌지 책 읽고, 질문하고, 사색을 반복할수록 내 인생의 중심에 섰다. 빨리 가는 것보다 천천히 들여다보고 고민한다. 삶은 결국 다른 사람이 이름 지어 주는 게 아닌 자기 스스로 만들어 가는 것이다. 나는 나만의 속도와 방식으로 나를 찾아가는 여정을 즐기고 있다. 그 여정에서 발견한 작은 기쁨을 모아 가면서.

2.
세상에 쓸모없는
경험은 없다

진정한 성장은 자신을 받아들이는 것이다.

- 「살인자의 기억법」, 김영하

겨울이 오면 물류창고의 매서운 바람이 생각난다. 인천 공항 근처로 이사 오니 주위에 물류 단지가 많았다. 대학 시절 극장, 화장품 판매, 백화점 등 알바 경험이 없는 게 아닌데 일일 아르바이트는 생소했다. 수입된 물건에 한국어 라벨을 붙이는 일을 했다. 립스틱, 텀블러, 유아 음료, 전자 제품까지 작업 물건은 다양했다. 무엇보다 일하고 싶은 날을 내가 정할 수 있다는 게 마음에 들었다.

물류 창고에서의 첫 작업은 텀블러 상자에 설명서를 넣는 일이었다. 상자를 열고 종이 한 장만 넣어 다시 밀봉하면 끝이었다. 창고 일은 물건도 가볍고, 일은 아니다. 그러나, 아니었다. 단순해서 누구나 하기 쉽지만, 작업 현장이 고정적이지 않다는 단점이 있다. 여름엔 시원한 바람 통하는 통로, 겨울엔 따뜻한 실내에서 일할 수 없다는 뜻이다.

처음 하는 일인데 사람들과 손발이 잘 맞아 오후 2시도 안 돼 작업이 끝났다. 하루를 다 채우지도 않았는데 일당은 다 나왔다. 꿀알바! 귀한 아르바이트의 발견이었다. 원두커피 라벨 붙이기, 헤드셋 상자에 제품 설명서 넣기, 유아 음료에 라벨 붙이기 등 운 좋은 날엔 의자에 앉아 옆 사람과 수다 떨며 일할 수 있었다. 물론, 종일 서서 할 때도 있었다. 함께 일하는 사람들이 서로 힘을 북돋아 주는 분위기라 몸은 피곤해도 보고서와 씨름하는 사무실보다 마음은 훨씬 편하고 좋았다.

오래 일한 사람들 말에 의하면 창고일 중 가장 어려운 게 바느질 작업이라고 했다. 한겨울 차디찬 손으로 바느질이라니. 상상이 안 갔다. 다들 그 일을 두고 사람 할 일이 아니라며 고개를 저었다. 그런 일이 와도 내가 선택하지 않으면 그뿐이라고 단순하게 생각했다.

일의 특성상 신청 당일이 되어야 정확히 무슨 일을 하는지 알 수 있다. 뉴스에서 연일 강추위 예보를 하던 어느 날이었다. 다른 날과 마찬가지로 무슨 작업인지 모르고 나갔다. 그런데, 여사장님 표정이 이상했다. 우리를 보더니 미안한 표정을 지으며 어렵게 입을 열더니 "어쩔 수 없었어요. 오늘은 바느질 작업입니다."라는 것이다. 아침에 뉴스에 본 올해 들어 가장 추운 날이라는 일기 예보가 귓가에 맴돌았다.

우리는 넓은 물류 창고 한쪽에 플라스틱 책상 두 개를 나란히 붙이고 빙 둘러앉았다. 마음 한편으로는 어려워 봤자 얼마나 어렵겠나 싶었다. 잠시 후, 관리자 두 명이 상자를 들고 와서 책상 위에 베트남에서 수입한 작은 파우치들을 쏟았다. 우리는 작은 바늘 하나씩 쥐고 파우치 지퍼를 뒤집었다. 가장자리 한쪽을 팽팽하게 당겨 'MADE IN VIETNAM'이라고 쓰인 작은 흰색 천을 바느질했다. 우리가 있던 장소는 지게차가 수시로 물건을 옮겨야 하는 곳이라 창고 양쪽 철문이 활짝 열려 있었다. 추위로부터 우리를 지켜 주는 건 핫팩 두 개가 고작이었다. 손가락이 점점 굳어 펴지지 않고, 바늘 촉감도 느껴지지 않았다. 머릿속으로 작업을 빨리 끝내야 한다는 생각뿐이었다. 꽁꽁 언 시뻘게진 손을 보며 세상에 쉬운 일은 없구나 싶었다.

대학 시절 백화점 아르바이트를 했다. 수많은 사람을 상대하는 일은 처음이었다. 사람 많은 백화점에서 한가하게 교육받을 수 없어 눈치껏 배워야 했다. 살아남기 위해 옆 사람 보며 요령을 터득했다. 중년의 아르바이트는 사회 초년생과 달리 노련하게 사람들과 어울릴 수 있었다. 새로운 일에 대한 두려움과 걱정도 생각과 달랐다. 막상 해 보니 무엇이든 닥치면 다 할 수 있는 일이었다.

6년 전, 큰아들은 기타를 시작했다. 이사 두 달쯤 지났을 때 통기타를 배우고 싶어 했다. 동네에 뭐가 있는지도 몰랐는데 아들 때문에 기타 학원을 알게 됐다. 이사로 친구들과 떨어져 안타까운 마음이었는데 잘됐다 싶었다. 통기타를 1년 배우더니 이번엔 전자 기타를 배우고 싶다고 했다. 학교와 자체 밴드부를 결성해 학교 행사마다 활발히 활동했다. 메인은 전자 기타, 연주할 사람이 부족하면 베이스와 피아노도 겸했다. 학교 행사와 인천, 부평, 춘천, 홍천 등 지역 대회에 출전하며 음악에 매진했다.

"힘드시겠어요."

아들이 음악 한다고 하면 주위 사람들에게 많이 듣는 말 중 하나다. 6년간 들어 온 입장에서 공부하는 학생을 평범한 정상적 테두리에 둔 말로 들린다. 예술 하는 아이는 테두리 밖 먹고살기 힘든 영역으로 분류해 버리는 느낌을 받는다.

음악 시장의 장래가 밝지 않을 수도, 먹고살 걱정 하며 살아야 할 수도 있다. 그러나, 이 세상에 편히 앉아 돈 버는 일이 그리 흔한가. 엄마인 나는 마흔에 꿈을 찾았다. 되고 싶은 거 없이 텅 빈 마음으로 산다는 게 뭔지 알기에 아들의 꿈을 적극 지지한다. 하고 싶은 게 없는 게 고민이지 하고 싶은 게 있다는 건 문제 될 게 없다.

올해 아들은 고3이다. 학교 끝나면 학원에서 연습하고 밤 11시에 돌아와 잠들기 전까지 피아노나 기타 연습을 한다. 세상에 영원한 건 없다. 언젠가 음악을 그만둘 수도 있다. 그러나, 아직 녀석에게 음악은 사랑의 대상이다.

붙잡으면 그걸로 끝날 것 같아도 뜻대로 되지 않는 게 인생이다. 원하는 대학에 합격한다 해도 이변이 생길 수 있다. 앞에 놓인 한 가지만을 보고 전체라고 생각하지 않길 바랄 뿐이다. 인생은 뜻대로 흘러가지 않는 경우가 부지기수다. 반대로, 원하는 대로 안 되더라도 낙심할 필요가 없다는 뜻이기도 하다.

아들을 보며 생각한다. 지금껏 한 그 끈기만으로 됐다고, 하나를 꾸준히 해 온 근성이면 충분하다고. 인생의 어떤 위기가 닥치면 극복할 수 있다고.

아들은 기타로, 나는 일일 알바, 독서 논술, 공항, 교육공무직을 하며 6년을 보냈다. 각자의 위치에서 자신의 인생을 향해 끊임없이 달렸다. 하나의 문이 닫히면 다른 문이 열린다고 했다. 아들의 대학 입시 결과가 어떻든 새로운 경험이자 기회가 될 것이다. 어떻게 받아들이느냐는 각자의 몫이다. 가능성을 활짝 열어 놓고 생각하면 방법은 있다고 생각한다.

지금까지 한 경험 중 쓸모없는 건 단 하나도 없었다. 각각의 경험은 나를 더 넓은 세상으로 안내했다. 도전할 때마다 숨겨진 나를 발견할 수 있었다. 인생 여정에서 길을 잃는 건 피할 수 없다. 그 자체가 또 다른 길을 찾아가는 과정이라고 생각한다. 삶의 여러 길에서 마주하게 되는 수많은 도전과 고난, 역경을 이겨 내니 용기와 지혜라는 선물을 얻었다. 시련을 통해 강인한 힘을 얻었다. 삶의 매 순간이 나를 변화시키고 성장하게 하는 기회이다. 눈감는 순간까지, 새로운 걸 배우고, 도전하고, 실패하는 게 인생인 것 같다.

3.
은정 씨는 오늘도
글로 꿈을 쌓는다

사람은 자신의 의지를 실현하는 존재다.

− 〈명량〉

재료가 많으면 다양한 요리를 만들 수 있듯, 경험과 생각이 많을수록 더 다채로운 이야기를 쓸 수 있다. 최근 있었던 일, 감정, 과거의 기억들이 글 속에 단편적으로 담겨 새로운 작품으로 완성된다.

글쓰기를 할수록 욕심이 생겼다. 그럴 일 아니라고 마음을 다잡아보지만, 잘 쓰고 싶고, 잘 썼다는 얘기도 듣고 싶었다. 생각나는 대로 일단 쓰고 나중에 고치면 된다 다짐해도 첫술에 배부를 생각이었다.

깜박이는 커서가 내 눈에만 유독 자주 깜박이며 밥 달라고 아우성치는 것처럼 보일 때가 있다. 쓰고 지우고를 반복하며 근근이 쓰고선 두서없는 말에 힘이 빠지곤 한다. 물론, 가뭄에 콩 나듯 신나게 쓸 때도 있다. 있었던 일이 꼬리에 꼬리를 물고 생각나 전투적으로 쓰게 된다. 하나라도 놓칠까 조바심 내고 다 담기 위해 애쓴다. 그러나, 문제는 그렇게 쓴 글에는 말하려는 주제가 빠졌거나 맥락이 엉망인 경우가 많다. 지금 쓰는 한 문장만 신경 쓴 결과다. 다시 쓸 기회는 얼마든지 있다. 오늘 두 편 쓸 수도 있고, 플랫폼을 바꿔 가며 쓰는 방법도 있다. 그럼에도 여유를 갖지 못하고 한 번에 잘 쓰려니 연결되지 못한 글이 탄생한다.

남들에게 좋은 평가 받고 싶고, 지적받을까 걱정하는 양가감정 속에서 글을 썼다. 남의 시선이 아닌 나의 마음이 먼저라는 걸 알기까지 시간이 걸렸다. 지금은 심적 공포를 이겨 내기 위해 남겨 둬야 다음도 있는 법이라고 주문을 되뇐다. 지금 쓰지 못한 이야기는 글감으로 쌓여 있어 든든하다. 기록하는 마음이 조급한지 여유로운지는 글에도 고스란히 스며 있다. 내가 지금 쓰는 이 글이 마지막이 아닌 다음 글의 시작이라는 생각으로 쓴다.

"재밌게 쓰세요. 재미있어야 읽을 맛이 납니다."

글쓰기 수업에서 수시로 들었다. 사실, 이해가 안 된다. 재미있는 글을 가장 쓰고 싶은 사람은 바로 나 자신이기 때문이다. 물건처럼 건네줄 수 있는 것이라면, 죄다 퍼 주고 싶다. 나는 재미있는 사람이 아니다. 오히려 진지한 쪽이다. 오랜 직장 생활로 보고서식의 짧고, 간단

명료한 글에 길들어 있었다. 장점은 대상을 객관적으로 바라보고, 순간 집중력이 좋고, 계획적인 점이다. 반면, 전반적으로 글이 사무적이며 딱딱하고 지루하다. 결론은, 재미있게 쓰는 게 힘들다.

내게 없는 재능이라 재치 있게 쓰는 작가가 부럽다. 선망하는 대상처럼 존경과 배우고 싶은 의욕이 솟구쳐 집중하게 된다. 한 번은 인터넷으로 힘 뺀 글쓰기에 대해 검색해 봤다. 글의 가벼움과 무거움의 차이는 유산소와 근력운동 같은 것이라는 글을 봤다. 유산소 운동과 근력운동으로 표현하니 의미가 확 와닿았다. 운동도 한쪽으로 치중된 것보다 균형을 맞춰 하는 게 건강과 체중 감소에도 효과적이듯, 글도 마찬가지다. 힘을 너무 빼면 진중함 없이 가볍다. 한 번 읽기는 좋을 수 있으나 계속 찾게 되진 않는다. 반대로, 힘이 잔뜩 들어간 글은 딱딱하고 재미없고 지루하다. 이 글도 손이 안 간다. 글의 균형을 맞춘다는 건 쉽지 않다.

작가 다나카 히로노부의『글 잘 쓰는 법, 그딴 건 없지만』글은 유쾌하다. 저자는 잘 쓰는 법으로 즐기는 마음을 강조한다. 고민에 대한 답을 얻은 것만 같았다. 즐기는 마음으로 써 나가면 언젠가 나도 유들유들하고 재미있는 글을 쓸 수 있지 않을까 생각해 본다. 안 오면 말고!

매끄럽게 쓴 글, 세상의 온갖 부조리함을 녹여 낸 글, 500년이 지나도 독자의 심금을 울리는 글. 세상엔 잘 쓴 글이 많다. 내 글 중 잘 썼다고 생각한 글을 다시 읽어 보면 하나같이 힘들다, 잘났다는 식이다.

글 안에 내용은 없고 온통 나만 있다. 한때, 사람들 관심사나 당시 이슈 등 시의성 강한 주제의 글을 쓴다는 말을 들었다. 시의성이란 당시의 상황이나 사정을 다룬 글로 시간이 지날수록 화제성이 떨어져 오래된 글로 보이는 단점이 있다. 글쓰기 강사는 되도록 지양하라고 했다. 지금 생각해 보면, 소외된 것을 향한 관심이자, 나의 글 스타일인데 군이 쓰지 말라고 말할 필요가 있었나 싶다.

글을 잘 쓰기 위해서 관심과 공감이 중요하다고 생각한다. 가족, 타인의 기쁨과 슬픔은 물론 사회, 자연까지 두루두루 관심을 가지는 것. 기술적 수법이야 학습으로 가능하지만, 공감 능력은 남이 알려 준다고 터득되는 게 아니기 때문이다. 글을 읽으면 주위에 관심을 기울이는 마음이 글에서도 고스란히 느껴져 마음이 따뜻해지곤 한다. 내가 쓰고 싶은 글이다.

2023년 가을, 블로그 글쓰기를 다시 시작했다. 주로 책 리뷰와 일상 에세이를 쓴다. 하나의 주제로 열 편의 글을 만들 자신이 없어 브런치 작가로 도전할 생각도 안 했었다. 꾸준히 블로그에 글을 쓰다 보니 하나의 주제를 가지고 연재 쓰기가 가능했다. 남편과의 대화에서 영감을 얻어 브런치스토리 앱을 깔아 글을 썼다. 자기소개와 초보 작가 집필 이야기를 주제로 소제목을 구성해 신청했더니 작가 승인이 났다. 두근두근 크리스마스카드 열 듯, 설레는 마음으로 조심스럽게 메일을 클릭했더랬다. "진심으로 축하드립니다. 소중한 글 기대하겠습니다." 라는 문장을 보고 탄성을 질렀다.

블로그는 연습장처럼 편하다. 다양한 글 연습이 가능하다. 브런치 스토리는 잘 갖춰진 작가 노트 같다. 블로그로 연습한 글 중 하나로 통일된 주제가 있으면 그곳에 쓴다. 같은 노트북으로 비슷한 바탕에 글을 쓰는데 내 의도와 상관없이 글 스타일이 살짝 변하는 걸 느낀다. 쓰는 사람으로서 기분이 환기된다. 이제는 메모 앱을 열어 생각나는 단어나 문장을 수시로 적어 두는 게 습관이 되어 버렸다. 쓰다 보니 공저 책 출간, 브런치 작가, 개인 책 집필까지 연결됐다.

천천히 글을 쌓아 가는 중이다. 글은 쓰는 게 아니라, 쌓아 가는 것 같다. 글을 쌓고 정교한 표현으로 수정하다 보면 생각이 깊어진다. 글 안에는 진솔한 내가 담긴다. 일관된 주제는 브런치 북으로 쌓고, 일상 의 경험과 성찰의 기록은 블로그에 모아 둔다. 차곡차곡 글이 두껍게 쌓인 만큼 나도 단단해진다. 쌓인 글은 나이자, 인생 그 자체다. 나를 만드는 건 의외로 가까이에 있다. 지금 당장 글부터 써보는 거다. 쓰 는 것에서부터 시작이다.

읽고 쓰는 삶

4.
용기 내기 시작하니
삶이 따라오다

결국 우리는 우리의 선택에 의해 결정된다.

– 〈신과 함께〉

지난겨울, 부모님은 20년 살던 주택에서 아파트로 이사했다. 추억
이 깃든 곳인데 잊히는 게 아쉬워 블로그를 열었다. 막상 열긴 했는
데 떠오르는 게 없었다. 집이 어떻게 생겼는지 하나씩 떠올려 봤다. 녹
색 대문, 작은 마당, 골목길. 처음 이사한 날 어땠는지, 살며 무슨 일들
이 있었는지 추억을 되살렸다. 연필 들고 노트에 끄적거리는 데 하나
둘 생각나기 시작했다. 주소를 알려 주던 아빠의 목소리, 추위에 떨면
서도 하하 호호 웃으며 해치운 김장, 한쪽에서 고기 굽고, 다른 쪽에서
아이들 뛰노는 모습. 20년 일들이 스쳐 갔다. 글을 통해 기억을 붙잡
아 둘 수 있었다. 쓰고 나니 아쉬움이 들었다. 이틀쯤 지났을 무렵, 엄

은정 씨의 수상한 독서모임

마가 매일 듣는 라디오 프로그램이 생각났다. 당첨돼서 엄마가 들으면 좋고, 아니어도 상관없다고 생각하고 사연을 올렸다. 아이들 방학이라 늦게 아침을 차리고 있었다. 미역국을 끓이는데 손목시계에서 문자 도착을 알리는 진동이 느껴졌다. 슬쩍 보는데 익숙한 글자가 스쳤다.

순간, 잘못 봤나 내 눈을 의심했다. 팔팔 끓기 시작한 미역국을 낮은 불로 줄이고 얼른 핸드폰을 들었다. 잘못 본 게 아니었다. 깜짝 놀라 소리를 지르니 거실에 있던 둘째, 셋째가 놀라 쳐다봤다.

"엄마 〈여성시대〉 라디오에 사연 당첨됐대~ 당첨! 당첨!"

두 아이는 시큰둥했다. 나는 미역국이고 아침밥이고 까맣게 잊고, 큰이모, 작은이모, 사촌 언니들이 모인 대화방에 이 사실을 알렸다. 사연 파일을 들은 엄마, 동생, 친척 언니, 이모들까지 눈물바다가 됐다. 라디오 들으며 우리 집 사연 듣는 게 소원이었다는 엄마는 드디어 풀었다고 좋아하셨다. 스치는 말로 듣긴 했는데, 이렇게까지 좋아하실 줄 몰랐다. 20년 산 집을 떠나는 걸 아쉬워하셨는데 이렇게라도 남겨 드린 것 같아 마음이 뿌듯했다. 부모님이 좋아하시는 모습을 보니 작게나마 효도한 것 같았다.

일 시작을 앞두고 있으니 한 달 전부터 조바심이 났다. 개인 저서 퇴고와 공저 작업 중이었다. 출근 전까지 조금이라도 끝내 둘 생각에 초조했다. 출근 날 아침부터 할 일을 순서대로 몇 번이나 되뇌었다.

드디어 출근하는 날, 물 한 잔 마실 여유가 없었다. 출근해서 책상 위 손 닿을 위치에 둔 핸드폰을 볼 시간도 없었다. "퇴근 준비 안 해요?"라는 친한 동료 한마디에 깜짝 놀라 서둘러 짐을 챙길 정도였다. 그럼에도, 독서만큼은 포기할 수 없어 1시간 일찍 일어난다. 몇 페이지 안 되더라도 자기 계발로 하루를 시작했다는 뿌듯함은 하루를 버텨 낼 힘을 준다.

워킹 맘이 되니 삶은 변했다. 내가 몇 시에 일어나고, 잠드냐에 따라 사용 시간이 달랐다. 특히, 일부 루틴은 할 여유가 없었다. 퇴근해 저녁 준비하고 식사와 집안일 끝내면 8시였다. 악착같이 줄이려 노력하면 30분 앞당길 수는 있었지만, 몸이 지쳤다. 일주일 두 번 듣는 온라인 수업이 끝나는 10시면 체력이 바닥나 쓰러져 자기 바빴다. 다니던 필라테스는 갈 엄두도 안 났다. 집에서 쓸 수 있는 에너지가 많지 않았다. 선택과 집중이 필요했다. 가장 시급한 공저 책 작업에 집중했다. 병렬 독서 권수도 줄이고, 블로그 글도 집중해서 쓰지 못했다. 워킹 맘이 되니 눈에 확 띄는 변화는, 먹을 음식이 넘치기 시작했다는 것이다. 냉장고 속이 가득 차는 걸 좋아하지 않는 편이다. 냉장고 문들을 열었을 때 가득 찬 모습을 보면 속이 답답하다. 짐 쌓아 두는 걸 싫어해 마트가 우리 집 냉장고, 도서관이 우리 집 서재라고 생각한다. 그러나, 일을 시작하니 아이들 먹일 빵, 과일, 샐러드, 간편식들로 냉장고가 가득 찼다. 도서관 들를 시간도 없어 고민 없이 주문하다 보니 책도 쌓여 갔다.

　예전의 나라면 엉망인 집안 상태에 우울했을 것이다. 넘치는 음식에 짜증 내고, 깨진 루틴에 화를 낼 게 분명하다. 그러나, 정신없이 바빠서 물 한 잔 마시지 못하는데 싫지 않았다. 실수하지 않을까 불안과 걱정을 느꼈을 일도 대수롭지 않게 넘겼다. 널브러진 집안 상태에 열을 냈을 텐데도 급한 것부터 대충 치웠고, 쌓인 책을 보며 조바심보다는 손 가는 책부터 조금만 읽었다. 블로그 글을 쓰지 못하는 것도 마음은 안 좋았지만, 방학이라고 생각했다. 분명, 이전의 나와 달랐다. 실수할까 불안하기보다 실수하면 다시 하면 될 일이라고 여유가 있었다. 바쁜 일은 좀 지나면 적응될 거라는 걸, 깨진 루틴도 시간이 지나면 하나씩 되찾을 수 있다는 걸 알았다.

　예전엔 모든 걸 다 챙겨야 한다며 나 자신을 압박했다. 동료들 보며 조바심 내고, 몸에 무리가 가도 무시하며 했다. 책을 통해 다 각자의 속도가 있다는 걸 받아들였고, 글을 쓰며 상황과 컨디션에 맞춰 조율해야 한다는 걸 받아들였다. 나를 믿으니, 마음의 여유를 가지고 일과 삶을 대했다.

　과거, 일하다 뛰쳐나가고 싶은 충동을 느낀 게 한두 번이 아니다. 예전과 같을까 봐 종일 사무실 일을 하는 데 자신이 없었다. 그러나 일하는 게 싫지 않고, 하나씩 일을 끝냈을 때의 희열도 있었다. 월급 받아 비상 통장 쌓는 재미까지 쏠쏠했다. 그럼에도 마음이 힘들었다. 일을 시작했을 때보다 앞둔 시점에서 더 그랬다. 집에 오면 기운 없어 쓰러지기에 바쁘고, 체력 소진으로 다른 걸 할 수 없는데 일하는 건 신났다. 일하기 바로 전이 심적으로 가장 힘들었다. 두통에 머리가 지끈거리고, 머릿속으로는 챙겨야 할 것들을 계속 떠올렸다. 돌이켜 보면, 참 바보 같았다. 어차피 하게 될 일, 바뀔 환경인데 미리 걱정하고 머리 싸매고 있었다.

아이들, 집안, 각종 루틴과 직장 일까지 닥치면 하게 된다. 기다리니 때는 왔다. 바쁜 일은 조금씩 줄어들었고, 독서 시간이 생겼다. 글 쓸 정신적 여유도 나고, 주 2회까지는 아니더라도 일주일에 한 번 필라테스도 했다. 많은 자기 계발서와 동기부여 영상에서 말하는 것처럼, 사람은 자신이 생각하는 것보다 강한 존재다.

용기를 내 도전해 가족에게 라디오 사연 당첨이라는 잊지 못할 추억을 선물했다. 다시 사회생활을 할 수 있을까 걱정이 많았지만, 막상 부딪쳐 보니 머리로만 생각할 때와 달리 현실은 나쁘지 않았다. 사소한 걱정이었다. 우리는 자신이 생각한 것보다 강하다. 용기 내서 시작해야 삶은 변한다. 새로운 직장에 들어가도 3개월이라는 수습 기간이 필요하다. 두려워할 필요 없다. 어차피 영원한 건 없다. 수습 기간은 지나간다.

5.
독서 모임
잘만 운영하고 삽니다

책은 단순히 정보를 전달하는 도구가 아니다.
그것은 인간 정신의 일부분이다.

–『심리학의 원리』, 윌리엄 제임스

운영하는 독서 모임에서 이런 것들을 추구한다.

첫째, 리더십 마인드다. 나는 모임이 각자의 의견을 자유롭게 나눌 수 있는 자리가 되길 바란다. 리더가 혼자 이끌다 보면, 소극적인 사람은 의견을 잘 꺼내지 못하거나 주저하게 되고, 반면 활발한 사람은 많은 이야기를 해서 대화의 불균형이 생긴다. 서로 다른 성향을 조화롭게 융화시킬 방법이 필요했다. 내가 선택한 방법은 매주 돌아가며 한 명씩 리더 되기였다.

처음에는 다들 난감해했지만, 함께 이끄는 모임이길 바란다는 마음으로 설득했다. 각자가 한 주씩 자신의 스타일대로 프로그램을 짜서 운영했다. 질문을 만들어 토론 주제를 올리기도 하고, 짧은 글쓰기를 시작하기도 했다. 직접 운영해 보니 참여자로 있을 때와는 전혀 다른 마음이라고들 했다. 짧게나마 리더를 맡아본 경험이 모임의 균형을 맞추고, 서로를 더 잘 이해할 수 있는 계기가 되었다.

둘째, 모임 장소도 매우 중요하다. 책과 글을 주제로 한 모임이니 편안한 환경을 조성하는 것이 필수적이다. 처음에는 스터디 카페의 회의실에서 모임을 진행했다. 조용하고 우리만의 공간이라 집중하기 좋았지만, 소리에 민감한 곳이라 환호하거나 웃을 때면 눈치를 보게 됐다. 카페처럼 자유로운 느낌도 없었다. 창고형 카페에서도 모임을 가져 봤지만, 울림이 심해 대화에 집중하기 어려웠다. 개방형 장소는 산만하고, 빵을 파는 카페는 사람이 많아 번잡했다.

여러 장소를 찾아 헤맨 끝에, 드디어 우리만의 대화를 나눌 수 있는 최적의 공간을 발견했다. 단독으로 떨어져 외부 방해 없이 자유롭게 이야기할 수 있는 곳이다. 지금은 매월 이곳에서 모인다. 편안하게 의견을 나눌 수 있도록 친밀하고 개방적인 분위기를 유지하는 데 장소가 큰 역할을 한다.

셋째, 성장을 공유하고 즐거움을 추구한다. 단순히 독서하고 토론하는 것에 그치지 않고, 각자의 성장을 함께 지켜보고 싶다. 참여자들은 자신이 읽었거나 읽을 예정인 책을 가져와 간단히 소개한다. 책을 선택한 이유에는 관심사와 고민과 닿아 있다. 그들의 말에 귀 기울이면 자연스럽게 서로의 마음에 가까워진다. 모임을 하다 보니 각자의 관심사와 고민과 변화가 눈에 보이기 시작한다.

예를 들어, A가 소개하는 책은 주로 대화나 관계에 관한 내용이었다. 반면, B는 이전과 달리 지역 문화와 역사 분야에 관심을 두기 시작했다. 그 계기가 궁금해 물어보니, 평소 다른 사람의 일도 자기 일처럼 생각하는 그녀가 관심의 폭을 지역사회로 확장하게 된 것이다. 이렇게 관심사가 확장되면 독서의 범위도 넓어진다. 그들의 이야기가 주제가 되어 대화가 풍성해진다. 지금은 서로의 경험을 나누며 미니 강연을 열어 함께 학습하고 성장해 나가고 있다.

처음에는 이런 활동이 독서 모임의 본질을 흐리게 하지 않을까 걱정했다. 그러나, 모임원들은 창의적이고 다양한 활동이라며 오히려 반겼다. 모임의 최종 목적은 즐기는 인생이다. 책이라는 중심 뼈대는 흔들지 않되, 크고 작은 가지들을 뻗어 조화를 이루어 가면 된다고 생각한다.

30대 내 삶은 집안일, 육아, 직장일. 고된 날들의 연속이었다. 일상은 빈틈없이 꽉 차 있었다. 늘 피곤하고 마음에 여유가 없었다. 여행 다니고, 쇼핑해도 그때뿐이었다. 마음은 텅 빈 듯 허전하고 공허했다. 짜증 섞인 말투와 지친 표정처럼 삶은 늘 우울했다. 몸이 피로한 이유는 엄마, 아내, 직장인, 며느리라는 많은 수식어가 원인이었다. 마음의 이유는 왜 그런지 알지 못했다. 직장만 떠나면 괜찮아질 줄 알았다. 처음은 자유로웠다. 혼자가 된 듯 외롭고 고립감이 들어도 싫지 않았다. 그런데 불안이 엄습해 왔다. 잘살고 있는 게 맞는지 의문이 가시지 않았다. 읽고 쓰는 삶을 시작했다. 과거와 현재의 나를 돌아보고, 관심사를 생각해 보는 등 내 이야기를 토해 낼수록 불안과 우울, 고립감에서 벗어나는 것 같았다. 어느 날 아침, 함께 글 쓰는 글 벗이 청명한 가을 하늘 사진을 단체방에 올렸다. 거실 창밖 하늘을 한참을 바라봤다. 온라인 책방 사람들과 매일 서로의 생각과 마음을 나눈다. 좋아하는 음악 들으며 산책하고, 책 속 문장에 빠져 사색을 즐기는 게 마음을 차분하게 만들고, 일상을 다르게 느끼게 한다.

어느 해, 남편과 판소리 공연을 봤다. '두 번째 달'이라는 에스닉 퓨전 분야에서 나름 알아주는 밴드였다. 노랗게 물든 은행잎, 붉은 단풍, 은은한 갈색 배경에 기타, 만돌린, 베이스, 키보드, 바이올린, 아코디언이 어울려 연주가 시작되었다. 문득, 바이올린 위에 앉아 두 눈을 지그시 감고 음악을 즐기던 그림책 『행복한 청소부』가 겹쳐 보였다. '이런 기분이었겠구나.' 연주 소리에 온몸이 찌릿찌릿하고, 연주팀이 확대되어 내게만 크게 보였다. 커다란 공간에 공연팀과 나만 있는 것 같은 착각이 들었다. 온전히 깊게 빠져드는 몰입을 실감했다. 문학과 예술이 공허하고 허전한 마음을 채워 주었다. 비로소 인생을 사는 것 같았다.

　드라마 〈나의 해방일지〉를 좋아한다. 내용은 단조로운 일상에 지친 삼 남매가 도전과 자유를 찾아 성장해 가는 이야기다. 주인공인 삼 남매의 막내 염미정에게 관심이 갔다. 카드회사 계약직인 그녀는 동호회에 소속되어 있지 않다. 직장은 즐거운 회사 만들기의 일환으로 동호회 가입을 독려한다. 미정처럼 가입 압박을 받은 인물이 둘 더 있다. 매일 해당 부서에 불려 가 안면을 트게 된 그들은 셋만의 모임 '해방클럽'을 신설한다. 주인공은 삶이 어디에 갇혔는지 모르겠는데 갇힌 듯 답답하다고 했다. 갑갑하고 답답한 마음에서 벗어나는 해방을 원했다. 내게 독서 모임이 그렇다. 함께 나누는 책 얘기는 일상에 쌓인 크고 작은 걱정거리를 잊게 한다. 다양한 감정과 기억을 끌어내며 생각을 표현하고 나누며 성장해 간다. 고단하고 단조로운 일상으로부터 해방이다.

　한 달에 책 한 권 안 읽고 살았다. 독서 모임 한 번 참석 안 해 봤다. 그런 사람이 모임을 운영한다는 게 맞나 싶었다. 나는 나를 자격 없는 사람으로 평가했다. 떠밀리듯 우연히 시작했어도 6년간 진행할 수 있었던 이유는 사람들 덕분이었다. 그들에 대한 미안함과 책임감이 더 색다르고, 재미있고, 독특한 방식을 고민하게 했다. 모임은 무엇보다

나부터 즐겁고 재미있어야 한다고 생각한다. 우리 모임이 독서 모임인지, 취미 모임인지 정체가 불분명할 때도 있지만, 모임에 가는 길이 늘 설레고, 만나면 편안하고 즐겁다. 일상으로부터의 해방! 우리만의 해방클럽이다. 앞으로도 각자가 지닌 강점을 활용해 우리만의 색으로 꾸며갈 계획이다. 책 한 권 읽지 않고, 독서 모임 참석한 적 없는 나도 했다. 누구나 가능하다. 행복의 시너지를 얻고 싶다면 지금 당장 시작이다.

무비 토크의 날

은정 씨의 수상한 독서모임

6.
지금 시작하기에
늦지 않았다

"마흔 넘어 봐, 늙는 게 하루가 달라."

서른 중반 때 친한 언니들이 자주 했던 말이다. 당시엔 웃자고 하는 소린 줄 알았다. 어떻게 하루가 다르게 늙는단 말인가. 그러나, 사십 대 중반에 들어서니 언니들 말이 확 와닿기 시작했다. 요즘은 거울 속 내 모습을 볼 때면 깜짝깜짝 놀란다. 눈 뒤는 처지고, 안 그래도 가는 머리카락은 더 얇아져 힘없이 쭉 늘어지고. 양쪽 볼살은 푹 꺼지기까지 했다. 중력이 나를 눌러 온 흔적이 이곳저곳 보인다.

올해 오십에 들어선 남편은 요즘 나이 먹어서 그렇다는 말이 늘었다. 그 말을 들을 때마다 왜 나이 탓을 하냐며 한마디 하고 만다. 어느 날, 늘 하던 대로 새벽에 눈을 떠 책상에 앉아 책을 읽고 있었다. 남편은 회사 하루 쉬고, 사람들과 골프 약속이 있었다. 내게 새벽은 출근 전 독서할 수 있는 짧고 귀한 나만의 시간이다. 남편은 골프 갈 준비로 화장실을 들락날락, 옷장 문을 열었다 닫으며 독서 방해꾼이 따로 없었다. 조용히 해 달라고 말하려다가 화낼 시간도 아까워 꾹 참았다. 정해진 독서량이 있어 책에 집중하려고 애썼다.

아파트 커뮤니티에 있는 실내 골프연습장에서 몸을 풀고 갈 계획이었던 남편은 스마트 키를 찾는 눈치였다. 키가 없다며 어디 있는 줄 아냐고 물었다. 항상 두는 자리에 없는 걸 내가 어찌 알까. 헬스장 다녀온 큰아들이거나, 막내아들이 쓰고 안 둔 것 같았다. 출근까지 시간이 얼마 안 남았는데, 아침 루틴을 방해하는 남편에게 슬슬 화가 났다. 열쇠를 찾느라 시간을 낭비할 수는 없었다. 정신을 가다듬고, 다시 책에 집중하려 애썼다. 키 때문에 새벽부터 자는 아이들을 깨울 수는 없었는지 연습장 가는 걸 포기한 듯했다. 주방에서 부스럭거리는 소리가 나 나가 보니 식빵에 달걀물 묻혀 가족들 아침을 준비하고 있었다. 그때, 출근 준비를 알리는 알람이 울렸다. 씻으러 화장실로 들어가려다 혹시나 하는 마음에 화장대 앞 서랍을 열었는데 웬걸! 노란 인형이 달린 스마트 키가 버젓이 있었다. 더군다나 예비용 키까지 옆에 하나 더 있는 게 아닌가. 등 뒤에서 남편이 서랍을 뒤지는 걸 들었는데 이걸 어떻게 못 찾았나 황당했다. 주방으로 가 서랍에 키가 있었다는 걸 알려 주니, 습관이 되어 버린 그 말을 꺼냈다.

"나이 먹어서 그래."

우리는 아침에 눈을 뜨는 순간부터 침대에서 일어나고, 걷고 뛰고, 매일 중력을 이기며 살아간다. 사십 년, 오십 년 잘 이기며 살아왔다. 나이가 들수록 이전과 다를 수 있다. 그렇기에 더 의식하려고 노력하며 살아야 한다고 생각한다. 남편의 말은 모든 걸 허용해도 되는 것처럼 들린다. 이전엔 한 번에 찾는 걸 못 찾는다면 천천히 들여다보는 습관을 들여야 하지 않을까 싶다. 이전엔 잘 기억하는 걸 자꾸 잊는다면 기록하는 습관을 들이는 노력이 필요하다고 생각한다. 물론, 내가 아직 그 나이가 안 되어 쉽게 말할 수도 있다. 옆에서 바라보는 마음이 안 좋다. 든든했던 남편이 갑자기 확 나약해진 것 같아 속상하다. 더 바짝 붙잡아 줬으면, 더 노력해 줬으면 싶다.

매일 중력을 이겨 내며 살아왔듯, 나이 들어 겪는 변화를 단순히 수용할 것이 아니라 변화에 적극적으로 대응하면서 살길 바란다. 나이 들며 겪는 변화를 인정하고, 그에 맞는 새로운 습관을 들이는 걸 생각해 줬으면 싶다. 변화에 가장 당황스러운 사람은 남편일 것이다. 자연스럽게 받아들일 수 있게 대수롭지 않게 반응하려 한다. 알면서도 나이 탓으로 모든 걸 정당화시키고 그 말 뒤에 숨는 것 같아 욱하고 올라온다. 나도 모르게 관리할 방법을 고민해야지 무슨 소리냐며 폭풍 잔소리를 하고 만다. 앞으로 우리는 나이 들어 가는 변화를 더 자주 발견하게 될 것이다. 어느 때보다 응원과 격려, 극복할 방법을 함께 고민해야 할 것이다. 그것이 아름다운 중년의 삶을 사는 방법이지 않을까 싶다. 나이에 모든 걸 내어 주고 싶지 않다. 그러지 않기 위해 더 의식하고 노력하며 살려 한다. 함께 운동하고, 기록하고, 방어하며 우아하게 싸워 볼 작정이다.

 2023년 10월 자기소개서를 작성했다. 40대에 자기소개서로 고민할 줄은 몰랐다. 솔직히, 마주하고 싶지 않은 일이다. 제한 글자 700자 안에 나의 인생과 성격, 포부를 담아야 했다. 블로그나 카페를 돌며 자기소개서 쓰는 방법을 찾고, 고민하고 쓰기를 반복했다. 자기소개서를 쓰며 고려한 점이나 유의 사항을 공유할 마음으로 40대에 자소서 쓴 내용의 글을 블로그에 실었다. 며칠 뒤, 댓글이 달렸다. 그는 평생 자기소개서를 써 볼 일이 없었다고 한다. 갑자기 쓰려니 제목부터 막혀 방법을 검색하다 내 글을 보게 되었다고 했다. 진솔한 삶의 이야기에 어떻게 도와줄 수 있을까 고민했다. 최대한 도움이 되고 싶었다. 경력을 살린 방식, 성격의 강점을 돋보이게 하는 방법, 글을 읽고 내가 생각한 다양한 제목을 적어 답을 드렸다. 1주일 뒤. 그분에게서 댓글이 달렸다. 나의 응원과 도움에 회사에 취직해 일을 시작했다며 감사하다는 내용이었다. 뛸 듯이 기뻤다. 내 글이 누군가에게 도움이 되었다는 사실에 보람과 희열을 느꼈다. 처음으로 쓰기의 가치에 대해 생각해 보게 되었다. 아쉽게도 나는 2차 면접에 합격하지 못했다. 산을 오르며 땀을 흘리고, 몰입 독서와 글쓰기로 마음을 수양했다. 한껏 주눅 든 마음이 조금씩 활력을 얻기 시작했다.

내 주위 사람들도 다양한 이유로 시작을 주저한다. 친구는 경력 20년 차 과장인데, 지금 무언가를 시작하는 건 꿈에도 생각할 수 없다고 한다. 다른 사람들과 비교해 자신의 성과를 측정하느라 새로운 도전을 기피하고 옳지 않은 것으로 바라본다. 새로운 장소와 사람들을 아는 낯선 환경에 두려움을 느끼게 한다. 피할 수 있다면 피하고 싶다고 말한다. 안정된 테두리를 벗어나지 못한다. 이전에 실패한 경험이 새로운 도전에 대한 자신감을 흔들어 놓는다. 그때의 상처를 되살리기 싫고, 다시 또 반복될까 두려워한다.

"죄송합니다!"

구직 활동 당시 제일 많이 들었던 답이다. 굴하지 않고 다시 이력서를 잡았다. 수정하라면 수정했다. 치열하게 연습해서 구술 면접도 치렀다. 매번 도전하며 시작하기 늦을 때란 없다는 생각을 잊지 않으려 한다. 시작하는 건 나에게 달렸다. 중요한 건 언제든 새로운 시작을 할 수 있다는 사실을 받아들이고, 나만의 속도와 방식으로 나아가는 것이다. 직장 생활을 오래 하면서 한 가지만 경험하고 나이 들까 무서웠다. 자신이 무엇을 잘하고 못하는 것과 한계는 경험을 통해서만 알

수 있다. 세상 속에 뛰어들어 나를 발견하기에 늦은 때란 없다.

은정 씨의 수상한 독서모임

7.
꿈을 그리며 독서로 살아가는
나의 하루하루

책은 인생의 가장 좋은 친구다.

좋은 책은 항상 당신과 함께할 것이다.

–「오만과 편견」, 제인 오스틴

3년 전, 페르난두 페소아의 『불안의 서』에 푹 빠졌다. 그의 직장과 집 그리고 골목 등 작가가 이 책을 썼을 곳들을 간절히 거닐고 싶었다. 두꺼운 고동빛 책을 챙겨 리스본으로 떠나고 싶었다. 마음 한편에 리스본을 담고 살고 있다. 삶에 치여 그런 기억조차 희미해질 때쯤 TV로 포르투갈을 마주했다. 당장 도서관으로 달려가 여행 수필을 찾아봤다. 다채로운 색채의 다른 책들과 달리 흑색 선 하나로 포르투갈의 여기저기를 담은 책을 발견했다. 작가의 직장 생활 얘기가 하나같이 내 얘기처럼 다가왔다. 나도 한때 내가 진정 원하는, 날 행복하게 해 줄 업은 따로 있다고 생각했다. 많은 이가 마음속에 평범하게 살고 싶지 않다는 꿈을 품고 산다. 디지털 노마드를 꿈꾸고, 4시간만 일하고 남은 시간을 삶의 여가를 즐기고 싶기도 하다. 현실은 평범한 일상의 연속이다. 한때 N잡러를 삶의 목표라고 생각했었다. 나를 직시하고서야 내 성향에 맞지 않는단 걸 알게 됐다. 평범한 일상에 하고 싶은 것들을 배치해 둔 삶. 지금은 이 삶에 만족한다.

독서와 글쓰기는 인내의 시간이 필요하다. 수련 과정이라고 생각하며 참고 견뎠다. 인생이란 자신이 좋아하는 것으로 채워가는 과정이라 하지 않는가. 내 것을 만들기 위해 인내의 시간을 견딜 줄 알아야 하는 것 같다.

2019년 12월, 을왕리 어느 카페에서 독서 모임의 조촐한 연말 파티를 진행했다. 멤버들과 1년도 안 됐을 때였다. 연말이라고 다들 작은 선물 하나씩 들고 오는데, 리더인 나만 털레털레 빈손으로 갔다. 모임 경험 없고, 관계에 서툰 티가 났다. 모임원 중 한 분이 자신의 인생 책이라며 『살며 사랑하며 배우며』를 선물했다. 제목을 보는 순간 내 취향이 아니라고 생각하며 책장에 꽂아 두지는 않았다. 당시에는 읽은 책만 책장에 두었기 때문이다. 책은 제목처럼 온통 살고, 사랑하고, 배우는 내용이었다. 역시 내 취향이 아니라며 반쯤 읽다가 덮었다.

그런데 2024년 5월, 서가에 꽂혀 있던 그 책을 우연히 다시 펼치게 됐다. 처음에는 읽을 생각이 없었고, 속지에 쓰인 그들의 편지를 떠올리며 잠깐 훑어보려 했을 뿐이다. 하지만 어느새 나는 책에 빠져들어 주저앉아 본격적으로 읽기 시작했다. 5년 전 그 책이 맞나 싶을 만큼 정신없이 몰입하고 있었다.

독서하다 보면, 책 전체에 밑줄을 그어도 모자랄 만큼 마음을 사로잡는 책이 있는데, 그 책이 바로 그랬다. 책장을 빨리 넘기고 싶지 않은 마음, 한 줄 한 줄 마음에 새기고 싶은 간절함이 생겼다. 초집중할 수 있는 주말마다 조금씩 야금야금 읽었다. 시원한 카페에서 온몸으로 책을 흡수하듯 몰입했다.

'무엇이 달라진 걸까?'

흡수력, 문해력, 독서력, 성찰의 힘. 그동안 이런 내공이 발달했기 때문이라고는 말할 수 없다. 하지만 이건 분명하다. 6년 전의 나와 비교해 지금의 나는 진심으로 나를 사랑하고 있다는 것이다. 과거의 나는 나를 사랑하지 못했다. 그런 상태에서 사랑을 찬양하는 이 책을 읽었으니 와닿지 않았던 것도 당연했다. 6년 동안 읽고 쓰기를 게을리하지 않았다. 기나긴 '나'라는 터널을 통과한 후, 진정으로 나 자신을 사랑하게 됐다. 사랑과 독서는 나를 변화시켰다. 내게 독서는 인생을 배우는 시간이다. 한 권의 책에 담긴 농축된 인간사를 쏙쏙 흡수할 수 있다. 100% 흡수할 때도 있지만, 그렇지 못할 때도 많다. 하지만 욕심

내지 않는다. 천천히, 오래 보고 싶으니까.

내가 수동적으로 살고 있다는 걸 퇴직 후에야 알게 됐다. 인생의 의미를 나 자신에게 두지 않고, 회사에서 살아남기 위해 존재를 입증하며 살았다. 주체적인 삶이 아니었다. 인생을 내가 끌고 갈 생각 같은 건 해 본 적 없었다. 정해진 날이면 통장에 월급이 들어오니, 그 이상 고민할 필요를 느끼지 못했다. 그런 삶을 살다가 세상에 나와 보니, 마치 덩그러니 혼자 남겨진 듯한 기분이 들었다. 무엇을, 어디서부터, 어떻게 시작해야 할지 막막했다. 시키는 일만 하던 삶에서 누군가가 시키지 않으니 불안했다.

"이 길로 가면 돼."

누군가 지름길을 알려 주길 바랐지만, 현실은 혼자 고민하고 개척해야 했다. 네이버 스마트 스토어를 시도하고, 공항에서 서비스직 일을 해 보고, 물류 창고에서 추위에 떨며 일하고, 강사로 아이들을 지도하기도 했다. 못 할 것 같았던 모임도 운영을 고민하고, 다양한 프로그램을 시도하며 여기까지 왔다. 무수한 시도와 실패로 가득했지만, 그 과정이 나를 성장시켰다.

돌이켜 보면, 그 모든 시간이 모험이었다. 새로운 도전은 나를 더욱 강하게 만들었고, 반복된 시도와 실패는 결국 새로운 가능성과 성취로 이어지는 발판이 되었다. 실패는 두려움의 대상이 아니라 성공으로 가는 길목임을 배웠다. 모든 도전이 나를 나답게 만들었다. 과정에서 변하고 성장했다.

꿈을 그리며 살아가는 중이다. '~되다, ~지다, ~시켜서~ 쓰인다.' 와 같은 수동적 자세로 사는 건 쉽지만, 그 안에는 진정한 자기 자신은 없다. 실패도 경험이라는 생각이 나를 삶의 주인으로 만들었다. 내려놓아야 얻는 것도 있고, 부딪쳐 봐야 배운다. 안전한 울타리 안에 안주하며 도전을 두려워했다면, 지금처럼 드넓은 세상이 나에게 펼쳐지지 않았을 것이다. 꿈은 우리를 기다려 주지 않는다. 우리는 꿈을 찾아 나서고, 그 꿈을 그리며 살아가야 한다. 우리가 찾는 꿈은 이미 우리의 삶 속에 숨어 있다. 그것을 발견하는 것은 결국 자기 자신의 몫이다.

살며, 사랑하며, 배우며.

은정 씨의 수상한 독서모임

8.
6년간 독서 모임 리더,
평범한 사람의 성장

꿈은 우리의 마음속에서 시작되어,
현실이 되는 과정에서 진정한 의미를 찾는다.

– 『학문의 진보 베이컨 에세이』, 프란시스 베이컨

어릴 적, 공상을 즐기는 아이였다. 비현실적이고 실현될 가능성 없는 것들을 상상하는 게 일상이었다. 초등학생 때는 태어나기도 전에 돌아가신 외할아버지가 하늘에서 지켜보고 있다고 생각했다. 운동장에 모여 교장 선생님의 훈화 말씀을 들을 때도, 청팀과 백팀 맞붙던 운동회 날에도, 야외 운동장에서 묵념할 때면 늘 마음속으로 외할아버지를 불렀다.

'잘 계셨어요? 제 말 들려요?'

어린 나는 얼굴도 모르는 외할아버지를 불러 댔던 이유를 정확히 알

수는 없지만, 아마도 대화할 어른이 필요했던 게 아닌가 싶다. 그때 외할아버지는 어린 내게 의지가 되는 존재였다. 중학생 때, 친척 언니가 잠시 우리 집에 와서 내 방에서 함께 지냈다. 침대가 작은 싱글용이라 함께 잘 수 없어서 내가 위에서 자고, 언니는 바닥에서 잤다.

언니는 독서가이자 만화책 애호가였다. 언니의 그림은 수준급이었다.

한번은 언니가 밤새 읽는 책이 궁금해 읽고 쌓아 둔 책을 들춰 봤다. 손때 묻어 너덜너덜해진 세 권으로 하얀 표지에 여자와 남자 사진이 그려져 있었다. 잠깐 구경한다는 게 벽에 기대, 침대에 앉아, 절절한 남녀 사랑 얘기에 빠져 헤어 나오지 못했다. 소설인데 안 믿었다. 사실을 거부했다. 이 세상 어디에 주인공 남자와 그 여자가 있을 거라고 굳게 믿었다. 이 슬픈 이야기를 쓴 작가를 찾아가야겠다고 마음먹었다. 작가를 만나 그 둘은 지금 어떻게 됐는지, 바람대로 잘살고 있는지 확인해야겠다고 간절히 생각했다. 인터넷도 없던 시절, 작가를 어떻게 찾아가야 하나 중학생에겐 막막한 일이었다. 결국 실행으로 옮기진 못했다. 허구를 사실이라고 굳게 믿던 나는 주인공과 작가는 어떤 사이인지, 이들의 얘기를 어떻게 알았는지 꼬리에 꼬리를 문 수많은 질문을 했다. 작가를 만날 생각, 만나 물어볼 질문들, 남녀 주인공을 보고 싶은 마음마저 들었다. 지금 생각하면 어쩜 그렇게 순진했나 싶다.

고등학생 때도 공상은 여전했지만, 그 횟수는 급격히 줄었다. 여전히 현실성 없는 판타지 세상을 그리곤 했다. 준비되지 않은 스무 살의 미래에 대한 불안이나, 여의찮은 않은 가정 형편 때문인지, 동화 같은 세상을 주로 떠올렸다.

외할아버지를 찾던 초등학생 시절의 나, 소설을 사실로 고집하던 나, 작가를 찾을 방법을 고민하던 나, 판타지 세상의 주인공을 꿈꾸던 나. 어른이 되면서 그런 나를 철저히 잊고 살았다. 그러나 책을 읽고 글을 쓰면서, 내 안에 숨겨진 나를 다시 만날 수 있었다.

외부 활동에 금세 지치는 편이라 주도적으로 나서기보다는 뒤에서 지원하는 게 좋다. 그러나 모임을 운영하다 보니 내 성향대로 할 수는 없었다. 중심에 나서야 했고, 주도적으로 모임을 꾸려 가다 보니 내향적인 성향이 바뀌었다. 이 변화에는 함께하는 사람들 영향이 컸다. 무엇이든 시도하는 것마다 좋아해 주니 천군만마를 얻은 것 같았다. 그들이 있었기에 6년을 지속할 수 있었고, 다양한 프로그램을 시도하며 실컷 놀았다. 모든 프로그램이 성공한 건 아니고, 실패한 것도 많다. 하지만 그것 또한 값진 경험이었다. 모임은 나를 도전하는 사람으로 변화시켰다.

은정 씨의 질문, 시적 수다, 일편 일시, 명화 글쓰기 등 불현듯 떠올라 진행한 경우가 많다. 아침에 머리를 감다, 운전하다, 심지어 모임 당일 생각나기도 했다. 언젠가 멤버들이 내게 아이디어를 어디서 얻느냐고 물었다. 불쑥 떠오르는 경우가 많다고 말했더니 그만큼 계속 생각하고 있는 것 같단다. 불쑥 떠오른 줄 알았는데 계속 생각한 결과라니. 모임에 대한 나의 애정이 깊어졌음을 느꼈다.

6년. 짧다면 짧고, 길다면 긴 시간이다. 묵묵히 하다 보니 여기까지 왔다. 카페에 둘이 앉아 시작한 첫날이 아른거린다. 3개월은커녕 당장 다음 달 모임도 걱정이었다. 고정된 프로그램이 없어 매달 들쑥날쑥 했던 시기였다. 모임도, 리더로서도, 나 자신으로도 미숙하고 서툰 때였다.

능숙하게 잘하는 사람도 다 처음은 있다. 운영자로서 프로그램 고민이 많았다. 다른 이의 시간과 기대에 부응해야 한다는 생각이 컸다. 가중된 책임감으로 힘들 때도 있었다. 혼자 고민하고 애쓰는 것 같아 지치고, 서운할 때도 있었다. 시간이 지나서야 알았다. 예민하고 조급한 나를 기다려 준 건 오히려 그들이라는 걸.

한결같이 믿고 지지해 주는 사람이 곁에 있다는 것은 큰 행운이다. 오랜 시간 함께하다 보니 서로의 진심이 통하게 되었다. 단조로워지지 않기 위해 다양한 프로그램과 체험을 시도하려 한다. 소통과 친밀감을 유지하기 위해 독서 장르나 형식에 대해 고민한다. 잔뿌리가 흙에 안착해 점점 굵어지듯, 우리의 우정도 점점 깊어지는 것 같다.

책을 준비하며, 6년 전 독서 모임을 시작하지 않았다면 지금처럼 독서가가 되지 않았을 수도 있었겠다는 생각이 들었다. 처음에는 모임과 독서를 별개로 생각했지만, 두 가지가 서로 밀접하게 연결되어 있다는 걸 알게 되었다. 책을 놓지 않게 만든 원동력은 모임의 영향이 컸다. 책 한 권 읽지 않으면서 독서 모임을 운영할 수는 없으니 말이다. 모임을 위해 책을 읽고, 읽은 책을 모임에서 이야기하며 서로의 등을 밀어주고 있었다.

독서와 글쓰기로 삶이 활기차졌다. 고전을 통해 인간의 본성, 감정, 욕망 등 생각해 보지 않은 문제들을 고민해 보는 게 즐겁다. 수백 년 전 쓰였는데 현대 사회와 다를 게 없는 게 놀랍다. 출근 전, 새벽 독서를 한다. 바쁜 일상이 시작되기 전 고요한 나만의 시간이 좋다. 주로 소설을 읽는데, 작가와 인물, 흥미로운 내용에 깊게 몰입할 수 있어서다.

저녁에는 아이들 챙기고 집안일을 대충 끝내고 책상에 앉는다. 퇴근 후라 꾸벅꾸벅 졸다 깬다. 분량 독서가 좋은 이유가 정해진 양이 있어 어떻게든 끝내게 된다는 것이다. 주말 중 하루는 무조건 아침 일찍 읽을 책 서너 권을 챙겨 카페로 간다. 뜨거운 커피 한 잔과 함께 주말 독서의 시간을 즐긴다. 침대 옆 탁자에 한 권, 책상 위 여섯 권, 책상 옆 서랍 위 두 권, 거실 탁자 한 권. 손만 뻗으면 닿는 곳 이곳저곳에 책을 둔다. 매일 읽을 분량이 정해진 책, 앞장부터 순차적으로 읽고 있는 책, 재독 중인 책, 눈에 들어오는 부분부터 골라 읽는 책 등 졸려도, 일하고 피곤해도 6년 전의 생활을 생각하면 독서하는 지금의 삶을 놓치고 싶지 않다.

　독서 모임 리더로 보낸 6년은 나에게 많은 것을 주었다. 나를 믿고 따르는 사람들과 함께하며, 그들 덕분에 나도 몰랐던 내 안의 잠재력을 끄집어낼 수 있었다. 다양한 사람들과 책을 읽고 토론하며, 나와 다른 생각을 받아들이는 법을 배웠다. 서로의 생각을 경청하고 소통하는 법도 익혔다. 모임을 이끌면서 사람들의 의견을 조율하고 격려하는 과정에서 리더십의 의미를 배웠다. 꾸준히 이어 오다 보니 어느덧 6년이 지났다. 이 과정은 나 자신을 돌아보는 시간이자 기회가 되었다. 세상은 빠르게 변하고, 나를 붙잡지 않으면 이리저리 휩쓸리고 만다. 내게 맞는지 아닌지 모른 채 좋다는 소리의 뒤를 쫓느라 인생의 귀한 시간을 낭비하기 일쑤다. 독서 모임 리더, 작가, 논술 강사, 공항 직원, 교육공무직 등 다양한 경험을 통해 세상을 향한 차갑던 시선이 따뜻하게 바뀌었다. 사람은 사람으로 변할 수 있다고 믿는다. 이제는 내가 도움을 줄 차례다. 도움이 필요한 누군가에게 손을 내밀 때다.

"미친 듯이 쓰자! 쓰고 또 쓰고 미친 듯이 써라!"

작년, 11월 달력엔 이 문구가 적힌 핑크빛 포스트잇이 붙어 있었습니다. 5개월 만에 책 쓰기를 끝낼 작정이었죠. 반년 만에 책 한 권 출간하려는 게 무지한 생각이라는 걸 그때는 몰랐습니다. 초반 기동력 역할로는 효과 만점이었습니다. 하얀 눈이 소복이 쌓인 12월 25일 40꼭지의 초고를 완성했으니까요. 해냈다는 뿌듯함이 상당했습니다. 그게 끝이 아니라는 걸. 퇴고라는 거대한 산이 기다리고 있다는 걸 알지 못했죠. 초고는 퇴고에 비하면 새 발의 피였습니다. 초고가 쉽다는 건 아닙니다. 40꼭지를 완성한 건 그것만으로도 위대한 일입니다. 계획한 기한에 초고를 끝내니 퇴고쯤이야 자신 있었습니다. 지금의 여세를 몰아 얼른 책 출간까지 가 보자고 생각했으니까요.

정확히 2주 뒤, 초고 문서를 열고 깜짝 놀랐습니다. 눈앞에 글이 아니라 쓰레기 더미가 한가득 있는 것 같았습니다. 3개월 동안 뭘 한 건지, 쓰레기만 만들고 있었던 건지. 그때의 충격과 좌절감을 잊지 못할 것 같습니다.

앞이 캄캄했습니다. 어느 세월에 40꼭지를 다 고쳐 나가나 싶어서요. 끝나는 날이 오기는 할까 막막했고요. 매 순간 책 출간이 잘한 결정인지 고민됐습니다. 책 내면 수정도 안 되는데, 그때 가서 고치고 싶은 부분이라도 나오면 어쩌나 불안에 떨었습니다. 한번 안 좋은 생각을 하니 부정적인 생각은 꼬리에 꼬리를 물고 피어올랐습니다.

'고치면 될 일!'

마냥 불안에 떨고 있을 수는 없는 일이었습니다. 쓰레기라면 다시 쓰면 되고, 주제와 방향이 꼬인 거라면 풀면 되고, 실력을 키워 다음 책은 더 잘 쓰면 될 일이었습니다. 생각을 고쳐먹으니, 마음이 한결 편했습니다. 그동안 글만 썼던 게 아니었던 겁니다. 저도 성장하고 있었던 거죠.

마흔 넘으니, 산티아고 순례길을 한번 다녀오고 싶었습니다. 관련 영상을 보고 책까지 찾아 읽으니 당장이라도 출발하고 싶었죠. 국내도 아니고 먼 스페인까지 관광도 아니고 한 달 넘게 걷고 싶다니. 남편에게 말하니 기겁하더군요. 군대 행군으로 이미 순례길 체험을 했다나 어쨌다나. 언젠가 한 번 가 보겠다는 꿈을 품었습니다.

작년 11월부터 직장 생활과 집안일하며 틈틈이 쓰고, 지우기를 반복하며 책 출간을 준비했습니다. 그사이 공저 책 출간도 하고, 꾸준히 블로그 글도 발행했고요. 공저와 개인 책, 블로그 등 앞만 보고 달렸습니다. 문득, 멈춰 생각하니 산티아고에 대한 바람은 사라지고 없었습니다. 이유는 두 가지였어요. 책 쓰기를 통해 태어나 지금까지의 인생을 돌아볼 수 있었기 때문이었습니다. 크고 작은 굴곡을 지금껏 어떻게 헤쳐 왔는지, 어떤 관계를 맺으며 왔는지, 나라는 사람은 어떤 사람인지 글을 쓰며 후회와 반성, 격려하고 인정했습니다. 또 하나는, 나와의 만남이었습니다. 글이라는 매체를 통해 온전한 나를 받아들이게 되었습니다.

산티아고 순례길이라는 극한의 환경 속에서 저는 전반전 인생을 정리하고 싶었던 겁니다. 책을 준비하며 지금까지의 인생이 정리가 되었습니다. 후반전은 어떻게 살아야 할지 그릴 수 있었지요.

'잘하고 있어. 의자에 앉은 것만도 대단해. 잘했어! 기죽지 말고 무조건 써!'

매일 주문처럼 저는 제게 말했습니다. 책 쓰기는 지난한 과정입니다. 잘하고 있는지 수시로 의심과 걱정이 고개를 쳐듭니다. 방심하면 불안은 덩어리를 키워 주인을 잠식시켜 버릴 것 같습니다. 스스로 과소평가하지 않으려, 나의 능력과 잠재력을 믿으려 자기 최면을 걸며 썼습니다.

독서 모임 운영과 독서가 주제이니 모임 운영이나 참여를 두고 고민하는 분이 읽었으면 좋겠다 싶습니다. 독서 모임 한 번 참석해 본 적 없고, 책 한 권 안 읽던 사람의 이야기라 시작이 고민인 분도 읽어 주면 좋겠다 했습니다. 제 안의 이야기를 다 끄집어내려 노력했습니다. 삶의 많은 부분이 독서와 글이다 보니 큰 비중을 차지합니다. 딱 한 사람만이라도 이 책이 도움이 되었으면 합니다. 누군가에게 제 마음이 닿길 바라며 고치고, 쓰길 반복했습니다. 지난한 과정이었지만, 결승전에 도착하니 제겐 성장이라는 선물이 도착해 있었습니다.

저는 예리한 관찰력으로 사물을 꿰뚫어 보는 통찰력을 갖추고 싶어 꾸준히 책을 읽습니다. 책을 통해 사람과 세상을 바라보되, 사랑의 마음을 담고 싶습니다. 앞으로도 읽고, 쓰고, 고민하는 삶을 살고자 합니다. 그렇게 나이 들어가고 싶습니다. 일상을 유심히 관찰하고, 질문하고, 책에서 얻은 문장을 연결해 글로 풀어내는 삶이야말로 글 쓰는 흐름 안에서 살아간다는 게 아닌지 싶습니다.

책을 준비하며 고마웠던 분들에게 이 자리 빌려 감사의 인사를 전합니다. 공저와 개인 책 준비로 집안일에 신경을 쓰지 못한 날이 많습니다. 음식 준비며 청소와 아이들 챙기는 것까지 알아서 다 해 준 든 든한 남편에게 감사의 마음을 전합니다. 그리고, 우리 부부의 보물 세 남매. 경찬, 하은, 민찬. 밝고 건강하게 잘 자라 줘서 고맙고, 사랑해. 지금처럼 서로 아끼며 행복하자. 친정 부모님께도 고마움을 전합니 다. 삶을 성실히 산다는 게 무엇인지 몸소 보여 주시고, 언제나 저를 자랑스러워해 주셨습니다. 건강하게 오래오래 곁에 계셔 주세요. 남 동생, 여동생, 조카들, 늘 고맙고 건강하자.

6년 전, 저를 믿고 함께해 준 이들이 없었다면, 지금의 저는 없었겠 죠. 제가 하는 프로그램은 묻지도 않고 무조건 따라와 주는 나의 감성 살롱 식구들 감사합니다. 덕분에 제가 여기까지 올 수 있었습니다.

책 읽고, 글 쓰면 인생이 달라진다는 말을 믿지 않았던 사람입니다. 지금은 독서와 글쓰기로 인생이 달라진 걸 경험한 사람이 되었습니 다. 제가 겪어 보니 한 가지 중요한 게 더 있었습니다. 독서와 글쓰기 를 꾸준히 하되, 성장하는 사람들 속에 있어야 한다는 겁니다. 인생을 누구와 함께할 것인가가 정말 중요하다는 걸 깨닫는 시간이었습니다. 『엄마에서 나로, 리부트』 공저 팀 작가들, 평생 글 쓰자고 모인 평생 글 벗 식구들, 올해 개설한 인문학 북클럽 '서가의 재회: 서재' 식구들 그 리고 이 자리에 설 수 있게 도와주신 부자 마녀 원효정 작가님.

고맙고, 감사드리고, 사랑합니다.

〈 마치는 글 〉

273

1. 독서 모임에 추천하는 책

『가만히 혼자 웃고 싶은 오후』, 장석주

『여름은 오래 그곳에 남아』, 마쓰이에 마사시

『멋진 신세계』, 올더스 헉슬리

『올리브 키터리지』, 『다시, 올리브』, 엘리자베스 스트라우트

『건지 감자껍질파이 북클럽』, 메리 앤 섀퍼

『나폴리 4부작 세트』, 엘레나 페란테

『알로하, 나의 엄마들』, 이금이

『완벽한 케이크의 맛』, 김혜진

『스토너』, 존 윌리엄스

『모순』, 양귀자

2. 필사를 부르는 책

『살며 사랑하며 배우며』, 레오 버스카글리아

『다산의 마지막 질문』, 조윤제

『니체의 말』, 프리드리히 니체

　　　　　　은정 씨의 수상한 독서모임

『담론』, 신영복

『책은 도끼다』, 박웅현

『비폭력 대화』, 마셜 B. 로젠버그

『달이 떴다고 전화를 주시다니요』, 김용택

『우리가 보낸 가장 긴 밤』, 이석원

『어제보다 나은 사람』, 최갑수

3. 인생 성찰에 도움이 되는 책

『죽음의 수용소에서』, 빅터 프랭클

『걷기의 인문학』, 리베카 솔닛

『불안의 서』, 페르난두 페소아

『코스모스』, 칼 세이건

『반고흐, 영혼의 편지』, 빈센트 반고흐

『레 미제라블』, 빅토르 위고

『안나 카레니나』, 레프 톨스토이

『모비딕』, 허먼 멜빌

『싯다르타』, 헤르만 헤세

『모래알만 한 진실이라도』, 박완서

『그리스인 조르바』, 니코스 카잔차키스

『달과 6펜스』, 서머싯 몸

『나를 부르는 숲』, 빌 브라이슨

4. 자기 계발에 유익한 책

『내가 가진 것을 세상이 원하게 하라』, 최인아

『퓨처 셀프』, 벤저민 하디

『시작의 기술』, 개리 비숍

『아주 작은 습관의 힘』, 제임스 클리어

『배움을 돈으로 바꾸는 기술』, 이노우에 히로유키

『돈 공부는 처음이라』, 김종봉, 제갈현열

『고수의 질문법』, 한근태

『나는 어떻게 삶의 해답을 찾는가』, 고명환

『아이덴티티』, 제이 반 바벨

『패러독스 마인드셋』, 웬디 K. 스미스, 메리앤 W. 루이스

5. 독서와 글쓰기에 도움을 주는 책

『글쓰기의 최전선』, 은유

『우리는 글쓰기를 너무 심각하게 생각하지』, 정지우

『어쩌면 잘 쓰게 될지도 모릅니다』, 이윤영

『글 잘 쓰는 법, 그딴 건 없지만』, 다나카 히로노부

『삶을 바꾸는 책 읽기』, 정혜윤

『여백으로부터 글쓰기』, 수잔 그리핀

『멀고도 가까운』, 리베카 솔닛

은정 씨의 수상한 독서모임

『나혜석, 글 쓰는 여자의 탄생』, 나혜석

『쓰기의 말들』, 은유

『책과 우연들』, 김초엽

6. 감성을 자극하는 책

『100 인생 그림책』, 하이케 팔러

『긴긴밤』, 루리

『풍덩!』,『혼자 있기 좋은 방』, 우지현

『나라는 식물을 키워보기로 했다』, 김은주

『어떻게 지내요』, 시그리드 누네즈

『동사책: 사람과 사람 사이를 헤엄치는』, 정철

『행복한 청소부』, 모니카 페트

『반짝이지 않아도 사랑이 된다』, 나민애

『편지 가게 글월』, 백승연

『산산조각』, 정호승

—